덧없는 존재의 가벼움을 위해

삶의 의미를
찾아가는 시간

BOOKK

삶의 의미를 찾아가는 시간

발행	2022년 06월 03일
저자	엄재균
펴낸이	한건희
펴낸곳	주식회사 부크크
출판사등록	2014. 07. 15(제2014-16호)
주소	서울특별시 금천구 가산디지털1로 119 A동 305호
전화	1670-8316
E-mail	info@bookk.co.kr
ISBN	979-11-372-8464-7

www.bookk.co.kr

덧없는 존재의 가벼움을 위해

삶의 의미를
찾아가는 시간

엄재균 지음

BOOKK

프롤로그

"아쉽고 아프지 않은 인생이 어디 있겠어?"

"내 인생만 고통이고 아픈 것 같지만 다 아픈 인생이야"

<꽃보다 누나>에서 했던 윤여정의 말이 기억에 남아있다.

누구나 태어나 처음 살아보는 인생이 아닌가? 20대에는 첫사랑에 몸과 마음이 들떠 혼란스러웠고, 결혼하면서는 남편과 아빠로서, 사회에서는 대학원생과 연구원, 회사원으로 살아가는 것 모두가 처음이기에 낯설고 어설펐다. 리허설도 없이 무대에 오른 초짜 배우처럼 어찌할 바를 모르는 채 살았던 것 같다. 삶에도 리허설이 있으면 얼마나 좋으련만 젊을 때는 삶의 매 순간이 낯설었다.

40세를 바라보던 무렵에는, 어디로 가는지도 모른 채 숨 가쁘게 살다가 맞닥뜨린, 불혹이라는 단어가 무색하게 몸과 마음이 더 흔들렸다. 갑작스러운 실직과 함께 부모님의 죽음까지 속절없이 지켜볼 수 밖에 없었다. 육체적 고통으로 인해 통제할 수 없는 상황을 겪기도 했다.

삶은 말 그대로 고통의 연속이었고 화살같이 빠른 시간 앞에서 무기력했다. 삶의 한가운데에서 부유하는 '나'라는 미약한 인간의 존재는 우주에서 지구를 볼 때 분명하게 드러난다.

보이저 1호가 우주에서 찍은 지구의 모습을 보면서 칼 세이건이 얘기했듯이 지구는 광활한 우주 속에 **창백한 푸른 점**'과 같다. 그 푸른 점에서 티끌과 같은 '나'라는 존재가 찰나의 순간을 살다가 소멸한다고 생각하면 뭘 안다고 떠들어대거나 잘 났다고 으스댈 수가 없다. 교만했던 마음이 겸허해진다. 소크라테스는 "성찰하지 않는 삶은 살 가치가 없다"고 하지 않았던가? 전쟁 치르듯 살아온 40대와 50대를 지나고 난 후. 나를 돌아보면서 느낀 점이 있다.

'인생, 내 마음대로 되지 않지만, 하루를 살아도 즐겁게 나답게 살아야겠다'

인생은 이해하기 힘든 우연의 연속 앞에서 내가 어떻게 해볼 수 없는 시련에 부딪힌다. 삶은 결코 내가 계획한대로 되지 않는다. 운명을 거부할 수는 없지만 내게 주어진 '지금 이 순간'의 상황에서는 스스로 선택하고 결정하는 자유의지가 있다. 자유의지에는 실존적 불안과 함께 무거운 책임감도 뒤따른다. 삶의 주인으로 산다는 것은 자기 결정권을 가지고 삶을 선택하고 그 결과에 홀로 책임지는 것이라 생각한다. 운명과 같은 인생도 매일의 삶에서 또는 결정적인 순간에 누구도 도와줄 수 없는 고독한 가운데 내가 선택한 결과로 나타난다.

그것이 운명이든 자유의지이든 우리에게 주어진 삶은 단한 번 밖에 없다. 결코 시간을 되돌릴 수도 멈출 수도 없다. 한 번뿐인 삶에서 과연 의미를 찾을 수 있을까? 삶의 의미를 찾겠다고 거기에 집착해서는 곤란하다. 행복에 집착할수록 행복은 더 멀어지는 것과 같다.

걱정과 불안도 습관이고 행복도 습관이다.

걱정도 습관이 되지만 행복도 습관이 된다. "행복은 강도가 아니라 빈도다"라고 말하지 않았던가? 일상에서 매일 산책하는 그 시간이 즐겁다. 산길을 오르는 10분간 숨이 차오르는 순간에는 쾌감을 느낀다. 쾌감 후의 느낌이 다르다. 뿌듯한 기운이 몸에서 솟는다. 매일 산책하면서 마주치는 사람에게 인사하고, 꽃을 보며 이름을 부르고, 호숫가에 앉아 어미를 따라 오리 새끼들이 줄지어 수면 위를 가르는 모습에 생명의 경이로움을 본다. 호숫가를 걸으며 생각을 떠올려 메모하고, 글쓰기를 하면서 마음의 평안함을 얻고 나의 변화를 통해 오늘보다 더 나은 세상을 꿈꾼다. 삶의 의미는 단조로운 일상에서, 사소한 것에서 찾을 수 있지 않을까. 음악을 듣고 그림을 보면서 평범한 현실을 낯설게 느끼면서 삶의 의미를 발견하기도 한다.

잠시 책 표지의 그림을 보자. 초현실주의 화가인 르네 마그리트는 <금지된 재현>에서 거울을 보는 사람의 뒷모습을 그림으로 표현했다. 예술의 전당 한가람미술관에서 <초현실주의 거장들>이라는 제목으로 전시된 <금지된 재현> 앞에 서서 한참을 바라보았다. 삶의 거친 파도 속을 헤매면서 거쳐온 나를 보는 것 같았다.

거울에 비친 얼굴은 세상에 보여주고 싶은 나, 남의 평가에 민감한 페르소나이지만, 그림에서 비춰진 뒷모습에는 부와 권력을 향한 욕망과 함께 상처와 아픔이 보인다. 그림을 보면서 나의 뒷모습에 비친 허기진 욕망과 아픔이 떠오르고 그 감정을 글로 표현하고 싶은 의욕이 생겼다.

지금은 한 생애 두 번의 삶을 살 수 있는 100세 시대다. 첫번째 삶에서 가정을 이루고 가족을 부양하는 책임을 다 했다면 나의 제2의 인생에서는 남의 시선에 연연하지 않고 자유롭게 나답게 살고 싶다.

이 책이 그 첫 도전이다. 욕심을 낸다면 두 번째 삶은 작가로 새로운 삶을 살고 싶다. 글을 쓰면서, 계속 글을 쓰고 싶다는 마음이 생겼다. 나이가 들면서 얼굴에 주름이 생기고 체력도 예전 같지 않지만 지력과 정신력은 그리 쇠퇴하지 않은 것 같다. 건강이 허락하는 날까지 계속 쓰고 배우고, 진정으로 하고 싶은 것을 하고, 지금보다는 더 나은 세상을 만들려고 노력하면서 은퇴 없는 삶을 살고 싶다.

늙어가는 것보다 변화없이 녹슬어가는 삶이 더 두렵다.

이 글을 쓰는 첫 번째 목적은 지난 삶을 돌이켜 보고 남은 인생을 어떻게 살 것인지를 고민하고자 함이다. 나를 표현하고 싶은 욕구와 '나'라는 존재의 흔적을 글로 세상에 남기고 싶은 마음도 있다. 세상 사람들은 흔히 이야기한다.

"내가 살아온 과정을 글로 쓰면 트럭 한 대로 모자란다"

맞는 말이다. 트럭 한 대 분의 글도 단 한 줄의 글에서 시작한다. 함께 시도해보지 않겠는가? 만보 걷기가 첫 한 걸음에서 출발하듯이.

두 번째 목적은 내 기억 속의 경험을 이야기로 만들어 딸들과 사위에게 전하고 싶었다. 직접 얘기하기는 어색하고 잘못하면 잔소리가 되기 쉽다. 아빠가 무슨 생각을 하면서 어떤 삶을 살았는지 들려주고 싶었다. 가족이 함께했던 즐겁고 슬프고 아파했던 순간을 이야기로 만들어 들려주면 어떤 유산보다 더 의미가 있지 않을까.

"내가 그의 이름을 불러 주었을 때 그는 나에게로 와서 꽃이 되었다"

김춘수의 시처럼 단조로운 일상도 이야기로 들려줄 때 의미를 가질 수 있지 않을까? 그 이야기에 담긴 정신적인 유산이 아이들이 살아가는데 자양분이 되길 바란다. 나의 이야기를 통해 누구를 가르칠 마음은 없다. 이만큼 살았네 하고 자랑할 생각도 그럴 거리도 없다. 몇 년 전부터 내 평생의 동반자인 '몸'으로 경험하여 일상의 굴레에서 벗어나는 삶의 실험을 시작했다.

그 시간을 함께 쫓아가 본다.

나를 돌아보는 시간 - 낯섦과의 만남
"금지된 재현"

by 르네 마그르트

차례

PART 2 일상에서 삶의 의미를 찾는 시간

PART 3 배우며 살며 사랑하는 시간

PART 4 어떻게 살아갈 것인가

고통은 어떤 교훈보다 강했고,
고통은 사람들의 가슴이 어떤지 이해하도록 가르쳐줬다.

<위대한 유산>
찰스 디킨스

PART 1
삶의 의미를 돌아보는 시간

아무도 죽기를 원하지 않는다. 그래도 죽음은 우리 모두의 숙명이다.
아무도 피할 수 없다. 왜냐하면 삶이 만든
최고의 발명품이 죽음이기 때문이다.

스티브 잡스

생의 마지막을 지금 생각하는 이유

2019년 초, 국내 안방을 잔잔하게 흔들어 놓은 12부작 드라마가 있었다. <눈이 부시게>이다. 마지막 회에서 알츠하이머를 앓는 70대 노인 역의 김혜자가 마지막 장면에서 하는 독백이 나에게 울림을 주었다.

"내 삶은 때론 불행했고 때론 행복했습니다. 삶이 한낱 꿈에 불과하다지만 그럼에도 살아서 행복했습니다. 새벽의 쨍한 차가운 공기, 꽃이 피기 전 부는 달콤한 바람, 해질 무렵 우러나는 노을의 냄새, 어느 하루 눈부시지 않은 날이 없었습니다. (중략) 후회만 가득한 과거와 불안하기만 한 미래때문에 지금을 망치지 마세요. 오늘을 살아가세요. 눈이 부시게. 당신은 그럴 자격이 있습니다. 누군가의 엄마였고 누이였고 딸이었고 그리고 나였을 그대들에게"

　김혜자가 극 중에 들려준 삶의 예찬이다. 삶을 다시 생각한다. 인간은 기적과 같은 확률로 이 시간, 이세상에 태어났지만 어쩌면 불쌍한 존재이다. 자신의 의지와 상관없이 세상에 나와 유한한 세상에서 혼돈과 욕망 속에 살다가, 찰나의 기쁨만 느끼고 결국은 병으로 고통받으면서 또다시 나의 의지와 관계없이 한 줌의 흙으로 사라진다. 삶의 의미를 찾지 않을 수 없다. 신앙을 가지는 이유이다. 인생이라는 거대한 연극의 마지막 장이 끝나고 커튼이 내려가는 순간이 있다. 바로 임종의 시간이다. 그 순간에 나는 어떤 순간을 그리워하고 또 무엇을 가장 후회할까?

　인생이라는 대하드라마도 마지막 노년의 시간을 어떻게 보냈는가에 따라 행복을 느끼는 정도가 달라질 것이다. 셰익스피어의 『끝이 좋으면 다 좋아』라는 희곡이 있다. 문학작품뿐만 아니라 축구나 야구와 같은 스포츠 경기도 마지막 순간이 얼마나 중요한가? 우리의 삶도 그러하다. 그래서 인생의 후반기에 삶의 의미를 찾는 시간이 필요한지도 모르겠다. 의미 있는 삶이란 무엇이고 어떻게 죽음의 시간을 맞이하면서 삶을 마무리할 것인가?

우리는 죽음을 두렵게 생각하고 당장 나와 상관없는 것으로 치부하면서 애써 외면하고 살아간다. 하지만 죽음을 생각할 때 역설적으로 삶의 가치를 다시 생각하고 세상에 대한 감사와 함께 책임감도 느낀다. 인생을 마무리하는 임종의 시간, 심장이 더 이상 뛰지 않고 뇌세포가 소멸하는 그 시간을 상상하면서 시간을 거꾸로 돌린다. 가장 가까운 부모님의 임종 과정을 기억해본다.

나는 어머니, 아버지 두 분의 임종을 모두 지키지 못했다. 두 분은 뭐 그리 황급하게 갈 길이 있다고, 나는 또 무슨 바쁜 일이 있다고 마지막 작별하는 그 시간도 함께 하지 못하고 이별을 했다. 어머니는 뇌졸중으로 인해 거의 7년 이상을 병실에서 의식이 없는 상태로 지내셨다. 당시에는 연명의료법이라는 것도 없었기에 가족은 안타까운 마음으로 지켜볼 수밖에 없었다. 당신에게는 고문이고 지켜보는 가족에게는 고통이었다. 7년의 긴 시간이….

죽음을 맞이하는 그 순간에 나는 무엇을 그리워하고 어떤 것을 후회할까? 진짜 하고 싶은 일을 했더라면 혹은 첫사랑과 헤어지면서 사랑했다는 말도 못한 것을 후회할지도 모르겠다. 박사학위를 받고 귀국 항공권까지 끊어 놓은 상황에서 미국대학으로부터 교수채용 인터뷰 요청을 받고도 포기한 것, 대학에 와서도 이직을 하려다 번거롭다는 이유로 안 한 것도 후회하겠다. 모두 하지 않았던 일을 후회할 것 같다. 젊은 시절, 사업한다고 바쁘게 보내다가 어느 날 홀쩍 사춘기로 커 버린 아이들과 서로 서먹했던 시간을 떠올리겠지. 그나마 온 가족이 즐겁게 여행한 시간을 기억하면서 그리워할 것 같다.

돈을 더 못 벌었다고 후회하지는 않을 거다. 다만 내게 주어진 돈과 시간으로 가족과 더 많은 시간을 보내지 못하고 남들에게 더 많이 베풀지 못한 것을 후회하겠지. 대학에서 더 이상 강의와 연구를 하지 못한 것을 후회하지는 않을 것 같다. 세상의 기쁨과 아픔을 더 많이 경험하지 못하고 허튼 시간을 보낸 것을 후회할 것 같다. 딸들이 더 좋은 대학과 직장에 들어가지 못한 것을 안타까워하지는 않을 것이다. 다만 그들이 경제적, 정신적으로 독립해서 서로 사이좋게 살아갈지를 염려할 것 같다.

새해마다 생각만 하고 행동으로 실천하지 못한 것을 후회하겠지. 하지만 '다시 삶을 되돌릴 수만 있다면' 하고 후회하지는 않으련다. 한 번뿐인 인생, 헛되지 않게 한바탕 즐겁게 잘 놀다가 간다고 스스로 위로는 할 수 있겠다. 심장 박동 수가 느려지고 의식이 희미해지는 시간이 온다면 병의 고통으로부터 조금은 자유롭고 싶고, 이만하면 괜찮은 삶을 살았다고 가족에게 말할 수 있기를 희망한다. '연명의료결정법'으로 삶의 마무리를 내가 결정하여 자연스럽고 존엄한 죽음을 맞을 수 있기를 바란다. 만약 식물인간이 되어 의미 없는 삶이 연장될 때는 연명 의료를 중단시키는 '소극적인 안락사'를 바란다. 아직 우리나라는 소극적 안락사를 허용하지 않는다. 언제일지 모르지만 죽음의 그날이 오고 법이 허용한다면 소극적 안락사를 원한다.

나는 품위 있는 죽음을 맞고 싶다.

임종의 시간은 내 의지와 관계없이 누구에게나 차별 없이 한 번은 꼭 닥친다. 마지막 순간, 가족들에 둘러싸여 침대에 누워 후회를 뒤로 하고 평안한 마음으로 "고마웠고, 행복했고, 사랑했노라"고 작별 인사를 나눌 수 있기를 원한다. 이 순간이 과연 가능이나 할까?

큰 시련이 올 때 나는 죽음을 생각했다. 감성이 예민했던 사춘기 시절에 병을 심하게 앓았다. 죽음이 코 앞에 다가왔음을 느꼈다. 현대의학 덕분에 다시 살아났다. 어려울 때면 그 당시를 생각한다. 그때도 살아 견뎌냈는데. 죽음의 공포로부터 헤어나면서 삶을 대하는 태도가 달라졌다. 고통의 터널에서 빠져나오는 순간, 살아 있음의 기쁨을 강렬하게 느꼈다. 누구나 생을 살면서 한 번쯤 이런 경험이 있지 않는가? 죽음은 결코 삶과 분리된 것이 아니고 삶의 일부분이다. 죽음을 생각할 때 삶의 의미를 알 수 있고, 삶 가운데 죽음이 있음을 늘 기억한다.

'자신의 죽음을 기억하라'

라틴어 메멘토 모리(Memento Mori)는 너는 언젠가 죽는다는 사실을 기억하라는 의미다. 죽음의 순간을 생각하면 삶을 더욱 귀하고 진지하게 대할 수 있다. 또 다른 라틴어 카르페 디엠 즉 **'현재를 잡아라'**는 말도 인생은 짧으며 이 순간 아까운 시간이 지나가고 있으니 현재를 헛되이 보내지 말고 진지하게 살라는 의미로 풀이할 수 있겠다. 죽음과 삶, 이 두개의 단어는 서로 맞닿아 있다. 장자의 <나비의 꿈>처럼 꿈과 현실이 구별이 없듯이 삶과 죽음도 하나일 수 있다. 태어남과 죽음 사이에는 현재성만 있다. 현재를 잘 살아야 의미 있는 죽음을 맞이할 수 있다. 결국 동전의 양면과도 같다.

톨스토이가 쓴 『이반 일리치의 죽음』이라는 소설이 있다. 죽음에 임하면서 가족들이 자신을 대하는 태도가 바뀌고 있다는 것을 눈치챘다. 이반 일리치가 가족은 뒤로 하고 오로지 자신의 명예와 쾌락만을 추구한 자신의 삶을 돌아보지만 벌써 죽음의 시간은 가까이 오고 있었다. 그는 죽음에 직면하면서 자신의 삶의 방식이 잘못되었음을 깨닫고 뒤늦게 후회하며 분노한다. 그를 가장 분노케 한 것은 그의 죽음에 대한 주위 사람들의 위선적이고 가식적인 태도이다. 그러나 자신도 살면서 타인의 죽음에 대해 똑같이 대했기 때문에 화를 낼 수도 없다.

소설 속의 주인공이 바로 우리의 모습이다. 나 역시 어려울 때면 의식적으로 죽음의 순간을 생각한다. 그 시간을 생각하면 삶의 모든 갈등과 욕망은 저 멀리 가고 오로지 삶의 핵심만 남는다. 몸의 모든 세포들이 소멸하는 나의 마지막 순간을 다시 생각한다. 죽음을 생각할 때면 오히려 지금 삶의 소중함을 느끼게 되고 삶에 의미를 부여하려고 한다.

어떻게 죽을 것인가는 어떻게 살 것인가와 서로 맞닿아 있다. 죽음은 삶의 끝이 아니라, 삶을 완성하는 아름다운 마무리를 할 수 있다는 희망을 갖는다. 나의 삶이 끝이 아니라 사랑하는 가족들의 삶과 기억 속에 이어진다는 믿음을 가지고 떠날 수 있다면 아름다운 죽음이 될 수 있다고 생각한다. 물론 그마저도 언젠가는 잊혀지겠지만. 서로 사랑하고 사랑받는 존재로서 품위를 지키면서 세상을 떠날 수 있다는 것은 우리가 마땅히 행복을 추구할 마지막 권리이다. 사랑은 인간으로서 존엄을 지킬 수 있는 최고의 힘이다.

지금 이 순간, 재미없는 영화처럼 늘어진 시간만 채우는 삶은 아닌지 돌아본다. 다시 <눈이 부시게>에 나오는 내레이션을 떠올린다.

"후회만 가득한 과거와 불안하기만 한 미래 때문에 지금을 망치지 마세요. 오늘을 살아가세요."

생의 변곡점

인생을 살다 보면 삶의 방향을 완전히 바꾸는 순간이 온다. 결정적 순간이라 부르는 삶의 변곡점이다.

대학 졸업 후 사관후보생을 거쳐 공군 장교로 단기 복무했다. 공군 장교는 전공에 따라 직무를 받기 때문에 나는 시설(육군에서는 공병) 특기를 받았다. 중위로 진급하여 공군본부 소속이 되면서 오산 미군기지에서 한미 공군이 공동으로 발주한 공군작전통제센터 건설의 감독 업무를 하였다. 미군과 함께 근무하면서 영어로 말하기와 듣는 능력이 많이 늘었다. 중위 말년에는 현장을 옮겨서 공군사관학교 건설현장에서 민간기업이 참여하는 건축현장에서 감독 업무도 맡았다. 건설 현장에서는 휴일이 따로 없다. 비가 많이 오거나 눈이 와서 공사를 진행하기 어려울 정도가 되어야 그 날이 쉬는 날이다. 공사기간에 맞추기 위해 밤늦게 콘크리트를 붓는 일이 새벽까지 이어진다.

소위 얘기하는 '노가다' 생활이다. 감독관 임무를 맡은 나는 콘크리트 공정의 진행 상황을 점검해야 퇴근할 수 있었다. 현장기사들은 꼬박 밤을 새우면서 인부와 공정을 관리해야 한다. 현장기사로 근무하는 선배 장교들을 보니 내가 전역을 하면 저 자리에 있을 모습이 눈에 선했다. 사회에 나가서도 이 공사판 막일 생활을 계속해야 하나? 현장 경험을 하고 보니 그 길은 삶의 에너지를 소진하는 길이었다. 가고 싶지 않은 길이었다. 그렇다고 딱히 다른 것을 하고 싶은 것도 없었다.

만약 그때 일본 건축가 안도 다다오의 자서전이라도 읽었더라면 건축가의 꿈을 키웠을지도 모르겠다. 안도 다다오의 자서전에서 **"어차피 한 번뿐인 인생, 내가 하고 싶고 가장 재미있어 하는 건축을 하면서 살아간다"**라는 자기 고백에서 그의 인간의 품격이 느껴진다. 췌장과 쓸개 절개 수술을 받은 후에도 그의 건축에 대한 애정은 식을 줄 몰랐다. 나는 당시에 그런 열정도 없이 의미 없이 하루하루를 살아가고 있었다.

아무 생각 없이 시간의 흐름에 휩쓸렸다. 건설현장의 분위기에 익숙해지면서 비가 오면 가끔 현장 소장들이 감독관실에 찾아와 시내에 목욕이나 하러 가자고 한다. 처음에는 사양도 했지만 선배이기도 하고 계속 거절할 수만도 없어 마지못해 동행했다. 동기들과 함께 시내에 오랜만에 나가 목욕도 하고 거나하게 식사하고 술도 마신다. 소위 요새 말하는 갑질을 톡톡히 한 것이다. 약 8개월이 지나 건축공사가 활발하게 진행되어 속도가 붙을 즈음이었다. 예전과 달리 전날 술을 먹고 나면 다음 날에도 회복이 되지 않고 피곤했다. 과음을 해서 그렇지 생각했는데 회복이 되지 않았다. 그때 동기가 병원에 가서 간 기능 검사를 받아보라고 하였다.

어렵게 월차를 내고 간 기능 검사를 받았다. B형 바이러스로 인한 간염이라고 한다. 약을 먹으면서 공사현장에 복귀하여 감독 업무를 계속하는데 여전히 회복이 될 기미가 보이질 않았다. 겨우 날을 잡아 대전국군통합병원에 가서 정밀검사를 받았다. 만성간염으로 진단을 받았다. 결국 통합병원에 3개월 장기 입원하였다. 병원에 입원하니 장교

병동은 말 그대로 육해공 3군 통합 병실이다. 하루에 아침 저녁으로 점호만 받으면 시간은 자유롭다. 모두 얼굴이 누렇게 떴는데 나 혼자 얼굴은 말짱했다. 나이롱 환자처럼….

번잡한 건축공사 현장의 감독생활에서 벗어나 환자복을 입고 병실에 누워 있으니 갑자기 시간이 멈춘 듯했다. 현장에서는 골조가 올라가고 실내 마감공사가 들어가면서 감독 업무도 더욱 많아지는데 어쩌지? 마침 후배 장교가 대신 일을 잘하고 있다는 소식을 전해 듣고 그 후배에게 고마웠다.

조용한 병실 생활에 적응하면서 나의 현실적인 진로 문제가 코 앞으로 다가왔다. 그동안은 바쁜 생활 속에서 한 번도 심각하게 고민해 볼 시간이 없었다. 공사판 생활은 싫고 사회에 나가서 무얼 하면서 먹고 살지? 그날도 침대에 누워서 밖을 무심하게 바라보았다. 햇볕이 내리 쬐는 아직은 조금 쌀쌀한 초봄의 오전이었다. 병실 밖에는 황달로 얼굴이 노랗게 뜬 환자들이 봄볕을 받으며 쭈그리고 앉아 뭔가 열심히 얘기하는 모습이 보인다. 그 모습에서 갑자기 어릴 때 호기심에 병아리를 키우던 기억이 떠 올랐다.

시름시름 앓는 병아리를 살리려고 햇볕아래에서 모이를 주던 기억이 떠올랐다. 결국 죽어버린 노란색 병아리의 모습이 눈 앞의 장면과 오버랩 되었다. 밖에서 쭈그리고 있는 저들의 모습이 내 현실이고, 죽어가는 노란 병아리의 운명이 내 운명 같았다. 창 밖 봄날의 모습은 너무나 평온한데 내 마음은 갑자기 깜깜해졌다. 병든 병아리 같은 처지로 인생을 끝낼 수는 없다는 생각이 문득 들었다. 나의 미래가 걱정되었지만 뾰족한 희망은 보이질 않았다.

'어떻게 살아가야 하나?'

오랜만에 나에게 던진 질문이었다. 오래전부터 어렴풋이 생각은 했었지만 그동안 바쁜 생활 속에 차일피일 미루었다. 어떻게 되겠지 뭐! 이제 턱 밑까지 다가오니 마음이 심란했다. 문득 내가 지금 여기서 도대체 뭘 하고 있는 거지? 인생에 대한 근본적인 질문이 밀려왔다. 처음으로 나 스스로에게 진지하게 물어보기 시작했다. **'이렇게 계속 살아야 하나, 뭘 해먹고 살지?'**하고 끊임없이 물었다. 남들보다 뒤처질지 모른다는 불안감이 들었다.

돌이켜 보니 그때가 가장 진지하게 나에게 질문했던 때였다. 이전에는 그냥 흐르는 데로 휩쓸리면서 불평만 하고 원망하고 살았다. 고등학교에서도 병치레로 제대로 공부하지 못했다는 핑계를 대면서 자신을 합리화했다. 대학에 진학해서도 시국이 어수선하다는 이유로 허구한 날 술만 마시면서 보냈기 때문에 이제 한번 제대로 원 없이 공부하고 싶었다.

막다른 골목이었다. 도피할 길도 없는 절벽에 서서 앞길을 어떻게 살아야 할지 고민했다. 햇빛이 따스했던 어느 봄날, '내가 지금 뭘 하고 있지?' 라는 느닷없는 질문에서 '그래, 다시 공부해 보자!'라는 결심이 마음속에서 일어났다. 처음으로 내 스스로 판단하고 결정하고 그 결정에 책임을 지겠다는 욕망이 생겼다. 지금까지 부모님 혹은 사회가 요구하는 대로 살았을 뿐, 내 스스로 결정한 것이 없었다. 물론 대학입학도 결정은 내가 했지만 사회가 원하는 방향에 내가 맞추었을 뿐, 내 스스로 자율적으로 결정한 것은 아니었다. 이제는 내 인생에 내가 주체가 되고 싶었다. 그 책임도 오로지 내가 져야 했다.

내 생의 변곡점이었다. 지금이라도 늦지 않다고, 한 번 제대로 살아보자는 결심을 했다. 운명이라 부를 만큼 지금의 삶을 만들어내는데 결정적 계기를 마련해준 순간이었다.

지나고 보니 그것은 운명과도 같은 시간이었고 또한 나의 선택이기도 했다. 어느 한순간에 그렇게 바뀌지는 않았을 것이다. 아마 짧지 않은 환자 생활을 통해 나를 돌아보는 시간을 많았던 것 같다. 그 즈음 학창시절 동기 한 명은 벌써 회계사 시험에 합격하여 회계사 사무소를 개업한다는 소식도 들렸다. 경쟁심도 자극이 되었다. 나는 그동안 제대로 이루어 놓은 것이 아무 것도 없다는 사실도 새삼 깨달았다.

"사촌이 땅을 사면 배가 아프다"라는 말이 있다. 인간 심리를 적확하게 집어낸 속담이다. 아이 어른 할 것 없이 남이 잘 되는 모습을 보면 부러움과 함께 질투심이 생긴다. 질투는 결국 남과의 비교이다. 본능이다. 그 질투의 본능을 감추어 자신을 속일 필요가 없다. 내 마음에서 일어나는 감정을 인정해야 한다. 남과 비교하는 순간 불행이 시작된다고 한다. 하지만 비교를 한 후, 어떻게 반응하는가에 따라 그 결과가 다르게 나타난다. 자신을 갉아먹기도 하지만 오히려 대담하고 열정적인 행동으로 발전할 수도 있기 때문이다. <질투는 나의 힘>이라는 기형도 시가 떠 오른다. 질투라는 감정이 내면에서 떠오른 다음, 어떻게 반응하는지는 사람마다 다르다.

지금까지 나의 질병 때문에 부모와 환경을 원망하면서 피해의식만 키웠다. 남 때문에 피해자가 되었다는 생각을 하면 마음은 그나마 편했다. 내 잘못은 없었다. 피해의식 속에는 열등감이 자리잡고 있었다. 오스트리아 정신분석학자인 알프레드 아들러가 주창한 콤플렉스이다. 그는 콤플렉스가 인간의 삶에 에너지의 근원이 된다고 했다. 고통의 막다른 골목에서 내 모습이 적나라하게 보였다. 열등감과 우월감이 혼재하여 오염된 감정으로 쌓인 나 자신을 보았다. 있는 그대로의 나를 인정하니 마음이 한결 가벼웠고 콤플렉스를 극복하려는 의지가 생겼다.

　어떻게 벌어먹고 살아야 하나? 그것은 생존에 관한 문제였다. 삶의 철학에 대한 얘기가 아니었다. 살아가는 방법을 찾기 위한 내적 갈등이었다. 지금까지 미루었던 문제를 막다른 길목에서 마주했다. 도망갈 곳도 없었다. 도피처도 없었기에 한 번 도전해서 돌파구를 만들고 싶었다. 그때는 젊었으니까, 무엇이든 가능하다고 믿었다. 육체적 질병은 나의 삶을 깨우는 자극제가 되었다. 지금 돌이켜 생각하니 콤플렉스를 극복하는 삶의 한 과정이었다.

참혹한 시련 속에서도 삶의 의미를 찾아서 정신분석학에서 〈로고테라피 – 의미 치료학〉 분야를 개척한 학자인 빅터 프랭클이 있다. 프로이트의 정신분석학과 아들러의 개인 심리학과 더불어 세 번째 심리치료 방법이다. 오스트리아 빈 태생의 정신과 의사인 그가 쓴 『죽음의 수용소에서』 나온 글이다.

"자극과 반응 사이에 공간이 있다. 그리고 그 공간에서의 선택이 우리 삶의 질을 결정한다. 인간에게서 모든 것을 빼앗아 갈 수 있어도 단 한 가지, 마지막 남은 인간의 자유, 주어진 환경에서 자신의 태도를 결정하고, 자기 자신의 길을 선택할 수 있는 자유만은 빼앗아갈 수 없다는 것이다."

공감한다. 시련을 어떻게 바라볼 것인가에 대한 선택의 문제다. 통합병원에서 유학 준비를 하기로 결심했다. 나에게 닥친 시련을 극복하고 싶었다. 병원은 야간 9시경부터 전체 소등을 하기 때문에 그 후로는 책을 볼 수가 없다. 담요를 덮어쓰고 랜턴을 켜고 토플 공부를 했던 기억도 있다. 토플시험과 대학원 진학을 위한 GRE 시험을 치렀다. 돌이켜보면 그것은 나 자신을 극복하기 위한 시간이었다.

'어떻게 살아야 하나?'

라는 질문에서 시작한 나의 고민은 나를 오히려 강하게 만들어 주었다. 만약 통합병원에 입원하는 일 없이 감독관 생활을 계속한 후 전역을 했다면 지금의 나는 어떻게 되었을까? 아마 국내 건설현장에서 혹은 해외 현장을 오가며 현장 생활을 하면서 세상에 떠밀려 살다가 은퇴에 접어들었을 것 같다. 생각하지도 않았던 국군 통합병원에서의 입원 생활이 나에게 새로운 기회를 주었다. 세월이 흘러 주기적으로 간염 검사를 위해 다니던 내과에서 어느 날 의사가 이런 경우는 드물다면서 전해준다. "B형 간염 바이러스가 모두 사라졌다고".

삶이 나의 의사와 상관없이 주어졌듯이 인생의 변곡점도 뜻하지 않은 시간과 장소에서 우연한 기회로 찾아온다. 그 뜻하지 않은 사건에 대해 어떻게 반응하고 대처하느냐는 각자 선택의 몫이다. 선택은 개인의 자유의지다. 국군 통합병원에서의 선택이 내 삶의 방향을 바꾸어 놓았다. 그때는 몰랐다. 시련을 통해 세상을 바라보는 나의 태도가 달라졌다는 사실을. 그것이 인생의 방향을 바꿔 놓은 사건이었다는 것도 몰랐다. 다만 한가지, 내 스스로 내 삶의 작은 일부분을 통제할 수 있다는 효능감을 처음 느꼈다. 20대를 지나면서 치른 삶의 첫 번째 변곡점이었다.

사람들은 인생이 한 편의 연극과 같으며, 인간은 각자 주어진 배역을 맡은 배우와 같다고 말한다. 나는 이 말에 동의할 수 없다. 각자 맡겨진 배역을 하는 것이라면 그 삶은 남이 결정한대로 충실히 따르는 것이 된다. 배우의 연기를 조정하는 감독도 아니다. 오히려 인생은 자유의지를 가진 시나리오 작가의 역할을 수행하는 것이라 생각한다. 우리의 삶에는 인간 이성으로는 이해할 수 없는 우연과 초월의 영역도 있지만 그럼에도 불구하고 자유의지를 가지고 주도적으로 생의 이야기를 만들어 가는 것이 아닐까?

섬진강 시인으로 불리는 김용택은 본인의 의지가 아닌 친구의 권유로 시골 교사가 되어 심심해서 월부로 산 인문학 전집을 읽고 글을 쓰기 시작했다고 한다. <내 인생의 결정적 순간>에서 다음과 같이 회고했다.

"인생의 결정적 순간이 자기의 의지이든 아니면 우연이든 자기에게 찾아온 순간들을 귀하고 소중하게 가꾸어 나가는 것은 다자기 할 탓일 것이다. 그래 이 작은 시골에 태어나 나는 선생이 되었다. 이 시골에서 선생을 하는 것을 복으로 생각하고 살자.

그렇게 사는 삶도, 그런 인생도 아름다울 수 있으리라. 그런 사
람도 하나쯤은 이런 세상에 있음직 하지 않은가. 그리하여 나는
마침내 그렇게 된 것이다."

뭉크와 니체와의 만남

처음 본 느낌은 '이게 뭐지?' 뭉크의 대표작인 <절규>라는 그림을 보았던 기억이다. 왜 이런 기괴한 얼굴을 그렸을까? 그런데 이 그림은 왜 그렇게 유명할까? 괴기스럽기까지 한 그림이었다. 무슨 미학적 가치가 있는지 의문이 들었다. 노란빛이 섞인 붉게 물들어 불안한 느낌을 주는 석양을 배경으로, 암울한 느낌의 감청색의 절벽처럼 보이는 형상을 뒤로하고 해골 같은 얼굴을 한 사람이 절망하는 모습이다. 섬뜩한 느낌이 들었다.

뭉크는 무엇을 그리려고 했을까? 인간 내면의 깊은 곳에 있는 불안, 공포와 절망을 이렇게 사실적으로 표현한 화가가 없다고 한다. 뭉크가 당시 공황장애를 앓았을 수도 있다는 추측도 있다. 그는 불안과 공포를 처음으로 캔버스에 표현한 화가였다. 뭉크의 <절규>라는 그림에 나온 그 사람이 느끼는 불안과 공포는 어디에서 왔을까?

진화생물학에서는 "불안은 인류의 생존을 위해 진화하면서 유전자에 새겨진 것이다"라고 한다. 인류의 조상이 초원에서 포식자들의 위험으로부터 살아남기 위해서는 항상 경계해야 한다. 즐거운 순간을 오래 누리면 한 순간 맹수의 먹잇감이 되기 십상이다. 사냥 후에도 순간의 즐거움만 느끼도록 신경전달물질인 도파민과 엔도르핀이 분비되고 바로 원래의 경계의 상태로 돌아와야 한다. 성행위의 쾌락도 짧은 순간만 경험하도록 허용한 이유다. 오랫동안 즐거움에 빠지면 포식자에 먹힐 수 있기 때문이다.

현대인의 절규는 조금 다른 것 같다. 우리는 삶을 계획하고 그대로 살려고 노력하지만 생은 마음먹은 대로 되지 않고 엉뚱한 방향으로 흘러가곤 한다. 경쟁은 갈수록 치열해지는데 몸은 내가 생각한 대로 따라오지 않는다. 그나마 건강을 위해 시작한 다이어트와 운동은 한 달을 넘기지 못하고 원래대로 돌아온다. 몸과 마음은 늘 따로 논다. 경제적인 이유로 미래는 항상 불안하다. 삶이 내 마음대로 통제가 되지 않을 때 무기력이 찾아온다. 무기력도 학습이 되고 결국은 습관이 된다. '난 안돼', '난 실패자야'라는 낙인을 찍고는 포기를 반복한다. 현대를 살아가는 우리는 불면증, 공황장애, 우울증, 강박증, 공포증, 불안증과 외로움을 겪으면서 허무주의에 빠져 든다. 뭉크의 그림처럼 '절규'를 할 수밖에 없는 현대인이 된다. 우리가 직면한 모습이다. 이런 허무주의 세상에서 어떻게 삶의 의미를 찾을 것인가?

포항공대 이진우 교수가 쓴 『니체의 인생 강의』를 읽으면서 니체의 철학과 뭉크의 그림을 다시 찾아보았다. 노르웨이 화가인 에드바르 뭉크는 니체를 만난 적은 없지만 니체의 사상에 영향을 받았다고 한다. 니체와 뭉크는 공통적으로 어릴 때부터 가족의 죽음과 육체적 고통에 시달리면서도 서로 다른 모습으로 극복하려고 했다.

니체의 철학은 삶 그 자체였기 때문에 현재를 사는 우리에게 아직도 유효하다. 니체와 뭉크가 살았던 19세기 후반, 봉건제는 이미 무너졌고 시민계급이 등장했다. 이성의 힘으로 자연을 정복하고 과학이 세상을 압도하는 시대에 사람들은 신의 존재를 의심하기 시작했다. 인간은 신을 믿으면서 '지금 이곳'에서 삶의 의미를 찾지 않고 '먼 훗날 그곳'에서의 영생을 꿈꾸었다. 종교와 사회규범은 인간 욕망을 회피하고 죄악시하였다. 하지만 천국은 멀고 현실은 가까웠기에 사람들은 현세의 기복을 위해 종교를 믿었다. 니체가 죽은 지 122년이 지난 현재 우리 모습이기도 하다.

이런 삶의 부조리와 모순 속에서 니체는 "신은 죽었다"고 선포한 것이다. 신의 죽음을 선포한 인간은 스스로 일어서야 했다. 절대적 신에 의지할 수도 없는 불안한 존재가 되었다. 불안한 존재인 내가 '나'를 극복할 수 있는 길을 니체는 가르쳤다. "아모르파티 - 너의 운명을 사랑하라"는 메시지를 던져주었다. 믿을 것은 너 자신이고 너 자신이 초인이 되어야 한다고 강조했다. 자신 스스로를 극복하는 인간이 되라는 것이다. 어떻게 자신을 극복할 수 있는가? 예술은 그 길을 보여준다. 예술은 인간의 욕망을 억압하지 않고 있는 그대로 드러내고 우리의 현존재를 확인시킨다. 뭉크는 인간의 근원적 모순에 고통을 겪었고 사랑의 아픔도 당해야 했다. 어릴 때 누이와 어머니를 잃으면서 죽음에 대한 공포에서 헤어나지 못했다. 류머티즘과 우울증, 대인기피증으로 학교도 제대로 다니지 못했으며 사랑하는 애인과 헤어지고 과음과 불안 증세로 고통을 겪어야 했다.

그럼에도 불구하고 뭉크는 그림을 통해 모든 고통과 공포를 극복하고 삶을 긍정하면서 자신의 고독과 허무를 극복하려고 노력하였다. 그는 자신이 겪은 불안한 내면을 캔버스 위에 적나라하게 드러내면서 스스로 고통을 극복하는 삶을 살았다. 뭉크의 그림은 신의 위대함과 자연의 아름다움을 위해 그린 것이 아니다. 인간 내면의 깊은 곳에 있는 불안과 공포의 순간을 표현하려고 했다. 인간 내면의 감정을 화폭에 드러낸 그는 모든 전통과 종교를 부정하고 인간의 실존적 물음과 삶의 본질을 표현하고자 했다. 이 점에서 니체와 뭉크는 통한다. 뭉크가 니체의 사상을 존중하고 그의 초상화를 그린 이유이기도 하다.

 지금 세상은 모든 가치관이 무너지고 있다. 종교와 유교를 바탕으로 한 전통이 사라지고 있다. 지난 600년을 지탱해온 가부장제, 결혼, 부부, 부자간의 사회적 규범이 허물어지고 있다. 무너져 버린 공간에 새로운 사상과 권력이 채워지고 있다. 개인화와 자본권력이다. 내가 어떤 삶을 원하는지 알고 자신의 개성을 꽃피우는 것이 개인화이다. 하지만 개인화는 아직 성숙하지 못하고 몸에 익숙하지 않은 채 자본에 함몰되었다. 자신을 스스로 착취하면서 욕망의 노예로 살고 있다. 삶의 모든 가치가 빠르게 변하는 혼돈의 시대를 살고 있다. 아직 희망은 있다.

 "어느 시대에도 그랬듯이 오늘날에도 모든 인간은 노예와 자유인으로 나뉜다. 왜냐하면 하루의 3분의 2를 자신을 위해 쓰지 못하는 자는 노예이기 때문이다." 니체의 『인간적인, 너무나 인간적인』에 나온 글이다.

 나는 노예인가? 자유인인가?

기억을 잃어버린다는 의미는

삶에 대한 고통은 여러 형태로 다가온다. 병으로 인한 고통, 사랑하는 사람과의 이별, 가족의 죽음으로 우리는 엄청난 고통을 받는다. 특히 배우자의 죽음에 가장 큰 스트레스를 받는다. 상실의 고통이다. 사랑하는 사람의 죽음 앞에서의 고통은 겪어보지 않으면 감히 모를 일이다.

육체적인 병의 고통으로 신음할 때도 있다. 나는 사춘기가 끝날 무렵, 대입 준비를 해야 할 고등학교 시절에 중증 폐결핵을 앓았다. 육체적으로도 힘들었지만 죽음에 대한 두려움이 더 컸다. 이렇게 고통스럽다가 죽을 수도 있다는 것을 몸으로 느꼈다. 당시에는 항생제가 발달하지 못했기 때문에 약이 듣지 않고 몸이 스스로 회복하지 않으면 중증 폐결핵으로 인해 죽는 경우가 많았다. 그 기억이 아직도 생생하다. 죽음은 그렇게 멀리 있지 않았다. 바로 내 곁에 있었다. 그 상흔은 꽤 오래갔고 내 몸과 마음에 고스란히 남았다.

지금도 가끔 몸과 마음이 지치고 힘들 때면 그 당시에 느꼈던 죽음을 생각한다. 죽음을 생각할 때면 지금 이 순간의 삶이 얼마나 값진 것인지 깨닫는다. 지금 무엇이 가장 소중한지 다시금 돌아볼 수 있는 계기가 된다. 이러한 육체적인 병보다 더 무서운 것이 기억을 서서히 잃어버리는 치매이다. 자신의 과거에 대한 기억이 사라진다는 것은 존재에 대한 인식도 함께 사라지는 끔찍한 사건이다.

약 20년 전이었다.

그때는 알지 못했다. 평소 온화한 성격의 아버지께서 왜 돌봄 아줌마에게 자꾸 불같이 화를 내시는지. 본인의 지갑에서 아줌마가 돈을 훔쳐갔다고 왜 의심을 하는지 알지 못했다. 치매라는 진단을 받고 나서야 알았다. 아버지의 행동이 이상하다는 것을 알고 가족들이 어렵게 대학병원에 모시고 갔다. 나는 바쁘다는 핑계로 아버지 댁에 자주 찾아뵙지도 못하고 증세가 악화되는 상황도 아내로부터 들었다.

그때 아버지께서 치매로 인해 겪었을 황당함과 고통을 최근에 개봉한 영화 <더 파더>를 보면서 조금은 이해할 수 있게 되었다.

치매를 다룬 영화 중에서 <스틸 앨리스>도 감동적이었지만 <더 파더>에서 주연으로 나온 앤서니 홉킨스 연기가 훌륭했다. 치매를 앓고 있는 앤서니(앤서니 홉킨스 분)의 시선으로 보여주었기 때문에 내가 마치 치매환자가 된 것처럼 혼란과 당혹감을 간접 체험할 수 있었다. 영화는 기억을 서서히 잃어버리는 과정에서 자신이 누구인지도 알 수 없게 되는 지경까지 이르는 참혹한 상황을 현실감 있게 보여준다. 치매환자의 시선에서 가감 없이 그 증세를 적나라하게 보여준다. 장면마다 치매라는 병의 잔혹함을 다시 무겁게 느낀다.

영화를 보면서 계속 아버지가 생각났다. 당시에 그래서 그러셨구나. 아버지께서 겪으셨을 고통을 조금은 알 수 있었다. 주인공 앤서니는 평소에 소중하게 여겼던 것에서 상실에 대한 공포를 느낀다. 자신이 살던 아파트와 딸에 대한 기억, 시간 감각을 잃어버리는 것에 당혹해 하지만 자신의 기억 상실은 부정한다. 기억의 혼란은 공간과 시간에 대한 감각까지 앗아간다. 앤서니가 기억의 혼란 속에 빠지는 장면을 보면서 똑같은 증상을 보였던 아버지는 그 상황이 얼마나 고통스러웠을까? 감정이입이 되면서 눈물이 났다. 아버지가 가끔 정신이 맑을 때 그 황망해 하셨던 표정이 아직도 기억에 남아있다. 영화에서 앤서니는 결국 모든 기억이 헝클어지면서 어린아이로 다시 돌아간다. 증세가 악화되면서 내면에 있는 어린애가 드러난다. 어린애처럼 고통과 괴로움으로 울부짖는 장면에서는 마치 내가 무너지는 듯한 느낌이 들었다.

"엄마가 보고 싶다, 엄마가 병원에 와서 날 집으로 데려가 달라"라고 어린아이처럼 흐느낀다. "평생을 집 문제로 고민했는데 이젠 내 몸 하나 뉘일 곳이 없어"라는 장면에서는 찡하다. 앤서니의 사라져가는 기억력과 함께 한 인간이 무너지는 장면이 두려웠고 한편으로는 마음이 아렸다.

미국으로 이민을 간 후배가 얼마 전 카톡으로 연락이 왔다. 이런저런 소식을 전하다가 자신이 초기인지장애 진단을 받았다고 마치 남의 얘기를 하듯이 담담하게 얘기한다. 아직 치매에 걸릴 정도의 나이가 아닌데 라는 생각이 들었지만 조발성치매도 있다는 사실을 〈스틸 앨리스〉 영화를 보면서 알게 되었다. 일단 약 잘 먹고 운동을 꾸준히 하라는 별로 도움이 되지 않는 말 외에 어떤 위로도 해 줄 수 없었다.

사실 나 역시 가끔은 어제 무엇을 했는지, 누구와 점심을 먹었는지 기억이 혼란스러울 때가 있다. 그럴 때면 이것이 치매 증세가 아닌가 하고 불안하기도 하다. 전문가에 의하면 중요한 판단 기준은 자신이 현재 놓인 시간과 공간 감각과 주위 사람을 인지할 수 있는 능력이라고 한다. 예를 들어 자신이 누구인지, 이곳이 어디인지, 오늘은 몇 월 며칠인지를 판단할 수 있는 능력이다. 병의 증세가 워낙 서서히 진행되기 때문에 초기에는 자세히 관찰하지 않으면 모르는 경우가 많다.

아직도 현대의학은 그 증세를 지연시킬 수는 있지만 치료제를 개발하지는 못했다. 건강보험심사평가원의 2020년 자료에 의하면 최근 10년간 우리나라 치매환자가 4배 이상 늘어 약 80만 명 이상이 치료를 받고 있다고 한다. 60세 이상 인구의 7%가 치매를 앓고 있다. 이런 상황이 우리가 장수를 누리는 대가를 치르고 있는 것은 아닐까 생각한다.

〈굿 윌 헌팅〉으로 아카데미 남우 조연상을 받은 로빈 윌리엄스도 루이소체 치매로 고통을 받다가 결국 견디지 못하고 자살로 생을 마감하였다. 피아니스트 백건우의 부인인 영화배우 윤정희의 알츠하이머 치매 소식을 듣고 안타까웠다. 결코 마주하고 싶지 않지만 일단 나타나면 본인은 물론 가족까지 피할 수 없는 고통을 감내해야 한다. 기억을 서서히 잃는다는 것은 자신의 존재 그 자체를 잃어버리는 것이다. 더구나 사랑하는 가족에게도 가장 큰 아픔을 준다.

어떠한 노력으로도 막을 수 없다는 사실에 무력감마저 느낀다. 언젠가 나도 기억 속에서 지워져 갈 때, 이 글을 보면서 나를 조금이라도 기억해낼 수 있을까?

지금 이 순간을 영원히 사는 사람들

　오랜만에 대학 캠퍼스에 활기가 넘친다. 역시 학교는 학생들이 모이고 왁자지껄해야 학교다운 맛이 난다. 이번 신학기부터 교양수업은 비대면으로 진행하지만 전공과목은 대면 수업으로 전환되었다. 나 역시 오랜만에 교실에서 학생들의 얼굴을 마주 보면서 강의를 하니 약간은 흥분도 되고 기분이 좋다. 학생들이 마스크를 쓰고 있어 표정을 잘 읽을 수 없지만 쉬는 시간에 옆 학생들과 얘기하고 어울리는 모습을 보니 보기 좋았다. 학교는 공부만 하는 곳이 아니라 친구와 관계를 맺고 동아리 활동도 하면서 사회적 관계를 학습하는 곳이라는 것을 실감한다.

복학생 한 명이 메일로 면담을 신청하여 연구실에서 만났다. 약간은 긴장하면서 얘기를 풀어간다. 대학생활에 회의가 들어 방황했고 지금은 자퇴를 고민하고 있다고 했다. "그래도 이제 일 년밖에 남지 않았는데 일단 졸업을 하는 게 어떠냐"라고 권유했다. 자신은 남들도 다 가니까 대학에 왔지만 자기 인생에 별로 도움이 되지 않는다고 솔직하게 말했다. 이대로 그냥 살아갈 수 없다고, 어떻게 살아야 할지 고민하는 시간이 필요하다고, 여행도 하면서 세상 경험을 많이 하고 싶다고 했다. 한참 얘기를 듣고 나니 나의 "일단 졸업을 하라"는 대답이 궁색해졌다.

"졸업을 하면?"이라고 묻는다면,
"일단 취업은 해"라고 내가 대답할 게 뻔하다.
"취업을 했는데 만족스럽지 않다면?"
"계속 다니면서 버텨봐"라고 조언을 한다면 이런 응답은 학생의 삶에 전혀 도움이 되지 않는다는 게 사실이다.

학생의 얘기를 듣고 나니 자퇴 요청을 반대할 수도 반대할 명분도 없었다. 다만 대학을 다니지 않는 것도 본인이 한 선택이니 "그 선택에 대한 책임은 본인이 져야 한다"는 도움이 될 것 같지도 않은 허망한 조언만 했다. 학생이 돌아가는 뒷모습을 헛헛하게 쳐다볼 수밖에 없었다.

청년세대는 직업도 불안정하고 연애 마저도 '썸'을 타야 할 정도로 불안한 삶을 살고 있다. 취업을 하는 '그날이 오면' 모든 게 해결될 거라는 희망 고문을 한다. 더 좋은 직장에 들어가는 '그날이 오면 그때 나는 행복할 수 있어!'라고 스스로 위로한다. 안정된 직장을 가졌다 해도 내가 원하는 것을 얻기 위해 또 다른 '그날'을 찾는다. 무엇 때문에 일하는지도 모르면서 매일 자신의 삶을 소진시킨다. 더 많은 돈을 벌어, 더 큰 집에, 더 좋은 차를 타고, 더 높은 지위와 명예를 위해 앞만 보고 달려간다.

중년의 시간을 보내는 사람도 마찬가지다. 남들이 부러워하는 삶을 살기 위해 오늘도 마감에 쫓기면서 경주마처럼 달리다가 병에 걸리기라도 하면 문득 깨닫는다. '내가 지금 무엇을 위해 달리고 있는지?'라는 질문에 무력감에 빠진다.

원하는 것을 성취한 그날이 와도 삶은 전혀 행복하지 않고 오히려 권태에 빠지거나 무기력만 심해질 뿐이다.

은퇴를 하고 사회적 지위와 관계가 사라지는 순간 자신의 삶에서 자신이 소외되었다는 사실에 더 깊은 허무에 빠진다. '이게 내가 원했던 삶이었나?'라는 회의만 든다. 인간의 욕망은 끝이 없다. 현대인의 삶을 지배하는 핵심 원리가 통제되지 않는 욕망이다. 욕망의 경주에서 죽음만이 마지막 결승 골인점이라는 사실을 확인시켜줄 뿐이다. 삶은 결승점이 없는 무한 반복의 트랙이라는 사실을 뒤늦게 안다. 그날이 오면…,

자식이 생기지 않을 때는 자식이 생기는 그날이 오면,
자식이 생겨서 아프면 건강하기만 한 그날이 오면,
자식이 건강해지면 좋은 대학에 붙는 그날이 오면,
자식이 대학 합격하면 좋은 직장에 다니는 그날이 오면,
자식이 직장에 다니면 결혼하는 그날이 오면,
자식이 결혼하면 그들이 돈을 많이 버는 그날이 오면,
자식이 애가 없으면 손주가 생기는 그날이 오면…

그날이 오면?

또 다른 그날이 기다리고 있을 뿐이다. 세대를 내려가면서 끝도 없이 반복되는 우리의 삶이다. 우리는 모두 그날이 오면 행복한 삶을 누리기를 원한다. 하지만 내가 바라는 행복이 무엇인지는 질문하지 않는다. 나는 어떤 삶을 원하는지 묻지 않는다. 남들이 쫓고 있는 삶을 똑같이 살아갈 뿐이다. 행복이 무엇인지를 질문하는 사람만이 진정으로 자신의 삶을 살아가는 사람이 아닐까? 소소한 일상에서의 작은 즐거움을 누릴 수 있는 삶도 말처럼 쉽지 않다. 무라카미 하루키처럼 일상에서 삶의 이야기를 쓸 수 있는 자만이 '작지만 확실한 행복'을 느낄 수 있지 않을까?

먼 훗날의 '그날'이 아니라 '지금 이 순간' 행복한 이야기를 쓸 수 있는 사람, 지금 어떤 사람이 되고 싶은지 질문하는 사람만이 온전히 자신의 삶을 살아갈 수 있다. 자신의 한계와 욕망을 극복하려고 노력하는 사람만이 진정으로 삶의 주인으로 살아갈 수 있을 것이다. 자신을 극복한다는 의미는 자신의 욕망을 똑바로 볼 수 있는 있을 때 가능하지 않을까.

자신의 욕망을 극적으로 표현하여 그 순간을 영원히 남

긴 예술가가 있다. 구스타프 클림트이다. 그의 작품인 <키스>를 볼 때면 매혹적인 그 순간을 느낀다. 누구에게나 첫사랑 키스의 기억은 강렬하게 남아있다. 연인이 키스하는 몽환적인 순간, 에로티시즘은 극치에 달하면서 시간은 멈춰 섰고 온 세상은 황금빛으로 변하는 감미로운 순간이다. 연인의 황홀한 키스의 순간을 포착한 클림트의 그림은 보는 사람에게 사랑의 판타지를 꿈꾸게 한다.

클림트는 찬란한 황금빛을 사용하여 자신의 성적 욕망을 드러내는데 주저하지 않았다. 당시 19세기 후반 보수적인 오스트리아 제국 시대에 그 누구도 시도하지 않았던 관능적인 여성 이미지, 성과 사랑을 에로틱하게 표현하였다. 인간의 깊은 무의식에 잠재한 성적 본능을 과감하게 끄집어냈다. 그림 속 남녀가 키스하는 찰나의 순간은 시간의 흐름을 거슬러 영원할 것처럼 로맨틱하게 보인다.

우리의 시선은 몽환적인 여인의 얼굴과 황금빛 옷에 집중된다. 시선을 조금 아래로 내려 여인의 발 아래로 간다. 색다른 모습이 보인다. 여인의 발 아래는 무한의 절벽이 있는 것처럼 보인다. 여인은 황금빛 배경의 아름다운 꽃밭 아래 절벽 가장자리에서 발로 힘겹게 버티면서 황홀한 순간을 맞이하고 있다. 여인에게서 금방이라도 나락으로 떨어질 것 같은 두려움도 함께 보인다. 삶의 이중성을 느낀다.

클림트는 여인이 열정적으로 키스하는 매혹적인 찰나의 순간에 존재의 불안함까지도 그림에서 표현한 듯하다. 인간이 서 있는 삶의 기반은 늘 불안하고 언제든 무너지기 쉽다. 인간은 사랑의 환희와 불안이라는 원초적인 감정을 동시에 갖고 있다. 사랑의 감정도 변질되고 퇴색되어 버릴 수 있다. 뜨거웠던 사랑의 감정마저 세월의 흐름 속에서 변할 수 있지만 사랑의 그 순간만은 그림으로 영원히 우리의 기억 속에 남는다.

예술 작품은 우리 자신을 성찰하게 하고 심미적 경험으로 자신의 삶을 한 차원 높일 수 있게 해준다. 삶은 자신의 다양한 욕망을 솔직하게 드러내고 그 욕망을 문학과 예술 그리고 스포츠를 통해 극복하면서 자신을 고양시키는 과정이라고 생각한다. 위대한 예술작품을 감상하는 것만으로도 삶의 위로를 받고 순간을 영원히 사는 작가의 세계를 함께 경험할 수 있어 삶의 의미를 더해준다. 예술적 경험은 척박하고 단조로운 일상을 살아가는 나에게 심미의 세계로 초대하고 지금 이 순간을 살아가라고 명령하고 있다.

그날을 기다리지 말자.
시간은 이 순간 밖에 없다.
지금 이 순간에 집중한다.

코로나19로 인해 국내외 미술관을 직접 갈 수도 없다. 대신 Google Arts and Culture를 통해 전 세계 미술관을 온라인으로 방문하여 <스트리트뷰>로 보면 어떨까? 마치 현지에서 보는 것 같다. <증강현실>로는 내 방에 진열된 것처럼 그림을 보다 생동감 있게 볼 수 있다. 오늘은 구스타프 클림트 그림이 있는 오스트리아 빈의 벨베데레 미술관으로 가보자.

퇴사를 고민하는 딸에게

코로나 바이러스 때문에 나와 딸들의 재택근무가 길어진다. 덕분에 가족이 함께 할 시간이 많다. 며칠 전, 큰 딸은 일이 있어 나가고 둘째 딸과 오랜만에 집에서 점심식사를 했다. 딸은 교육기관에서 행정직원으로 있기 때문에 이번 학기를 계속 집에서 근무하고 가끔 학교에 긴급한 회의가 있으면 출근하곤 했다. 이 어려운 상황 속에서 안정된 교육기관에 근무하는 것을 다행으로 생각하던 터였다. 딸은 매주 토요일, 쿠키와 케이크를 만드는 학원에 다니고 있다. 여유시간에 취미생활로 다니는 것으로 알았다.

"요즘 쿠키 굽는 재미가 어떠냐~?"라고 물었다.

"즐거워요~" 하고 바로 대답을 한다. "직장생활도 괜찮지?"라는 질문에 갑자기 응답이 없다. 한참을 뜸들이면서 말을 이어간다. "사실 힘들다고, 학부모와 상담하고 번역하고 통역하는 일에 보람도 없고, 특히 국제학교의 특성상 서로 다른 문화를 가진 학부모와 외국인 교사 간에 중재 역할을 하기 때문에 정신적으로 너무 힘들다"고 한다. 언제까지 계속 다닐 수 있을지 모르겠다는 뜻이다.

나는 "직장생활이 쉬운 게 어디 있냐고, 다 힘들면서도 버티면서 살아내는 것 아니냐"고 했다. 딸은 직장에서 겪은 어려움을 얘기하면서 눈물이 맺힌다. 아, '내가 생각했던 것보다 심각 하구나' 생각하면서 내가 예전에 겪은 직장에서의 갈등을 털어놓았다. '나 때는 왜 그래야만 했을까?' 돌이켜 보아야 하는데 나도 모르게 '라떼' 노래를 부르면서 은근히 버티라고 강요하고 있었다. "아빠가 버티라면 2년은 더 있겠다고…"고 자신의 결심을 전한다.

지금 배우고 있는 제과를 열심히 하여 이쪽으로 진로를 변경하겠다고 한다. 이 선택에 대한 책임은 본인이 감수하겠다는 결의까지 보인다. "그래, 일단 직장도 제과도 같이 하면서 생각이 바뀔 수도 있으니 그때 다시 생각해보자." 고 하면서 한낮의 긴 점심시간을 마무리하였다.

그동안 브런치나 책을 통해 "퇴사를 결심했습니다" 등의 글을 많이 보아왔다. 그때는 '그래 자신이 행복할 수 있는 길을 찾아야지, 암, 잘했어...!'라고 응원을 보냈던 기억이 되살아났다. 같은 상황인데 그 대상이 누구냐에 따라 이렇게 다를 수 있는지 돌이켜본다. 딸이 교육기관에 지원을 하고 면접까지 마치고 합격통지를 기다리던 그 순간이 떠오른다. 3년 전 쓴 글이 있어 다시 보았다.

오전에 서재에서 중간고사 강의 채점을 하면서 지난주 면접을 끝낸 딸의 합격 결과를 손꼽아 기다리고 있었다. 거실에서 딸이 강아지와 노는 소리가 들리다가 갑자기 무슨 소리가 들린다. 희미하지만 엄마에게 하는 소리인 것 같은데 "떨어졌어요.."라는 말이 들리는 듯하다. 순간 가슴이 먹먹하고 머리가 혼란스럽다. 경쟁자에게 그 자리가 갔구나 하고 생각하는 순간 낭패감이 한꺼번에 몰려왔다.

'어떡하지?'
'어떻게 위로를 해야 하나?' 우선 무슨 말로 위로해야 할지 난감하다. 일단 조심스레 거실로 나가 보니 딸은 재롱이와 놀고 있는 것이 아닌가? 내가 너무 민감하게 거실 소리에 반응하여 추측하였던 것이다. 아무 일도 없다는 듯이 부엌으로 가서 물을 한 잔 따르고 방으로 들어왔다. 마음이 놓이지 않아 거실로 다시 가서 딸에게 "만에 하나 떨어지더라도 너무 실망하지 말라"라고 강조한다. '만에 하나...!'를 더욱 강조했다. 합격 소식을 기다리다 오후에는 스포츠 센터로 가면서 소식을 기다렸지만 소식이 없다. 운동을 하고 주차장으로 가면서 이제는 문자가 왔겠지 하고 핸드폰을 열었다. 아직도 무소식. 다음 날 오전까지 학교에서 계속 집으로부터 소식을 기다리고 있다가 오후에 강의가 있어 수업이 끝날 즈음에 핸드폰에 카톡에 새로운 메시지 화면이 살짝 보인다. 화면을 보니 하트 이모티콘이 핸드폰에 가득하다. '아, 드디어 합격했구나! 정말 다행이다'. 아내와 그동안 마음 졸이는 순간을 함께 돌이키며 즐거워했다.

그렇게 어렵게 들어간 직장인데, 누구나 선망하는 직업인데, 안타까운 생각이 먼저 든다. 남의 아들딸들이 자신의 길을 찾기 위해 안정된 직장을 버리고 프리랜서나 창업을 할 때는 박수를 보냈는데 내 마음이 왜 이리 착잡할까? 혹시나 딸이 지금 조금 어렵다고, 이 상황을 회피하기 위해 다른 길을 찾는지는 아닐까 염려가 된다. 이 험한 세상에서 새로운 길로 들어서면서 부딪치게 될 어려움을 참고 견디어 낼 수 있을까 불안하다.

"내 선택에 대해 책임을 지겠다."라는 딸의 말에 조금은 안심이 된다. 평소의 나라면 본인이 결정하고 밀고 나가겠다는 의지에 아낌없는 박수를 보내야 하는데 왜 이렇게 마음이 심란한지 알 수가 없다. 친구와 차를 타고 함께 어디를 가면서 나의 고민을 털어놓았다. 친구는 "미래의 일을 미리 걱정하고 고민할 필요가 없다고. 모든 고민거리는 정작 일어나지도 않을뿐더러 실제로 일어나더라도 해결책이 반드시 있다고." 맞는 말이고 위로는 되지만 가슴으로 온전히 와 닿지는 않는다.

다시 냉정하게 생각해 본다. 나는 딸의 의견을 존중한다. 무슨 일을 하던지 어려울지라도 좌절하지 않고 다시 일어나 삶의 보람을 느끼며 살아가기를 바랄 뿐이다. 그 길을 나의 딸이 찾아가길 바란다. 네 뒤에 항상 든든한 응원군이 있다는 사실을 잊지 말기를 바란다. 자신의 삶에 주인으로 살기를 바랄 뿐이다. 그 외의 것은 모두 군더더기다.

아빠는 너를 사랑한다.

내 삶의 주인으로 살고 있는가?

'오늘 점심은 어디서 무엇을 먹을까?'

특히 직장에서 매일 점심때가 되면 고민에 빠진다. 메뉴 때문이다. 오죽했으면 위계질서가 철저한 검찰에서 점심메뉴는 신참 검사가 담당한다는 소문도 들릴 정도이니 누구나 사소한 선택에 매일 망설인다. 식당에 들어서도 마찬가지다. 그 많은 메뉴 중에 골라야 한다. 간혹 어떤 식당은 이런 고민을 덜어주기 위해 한 가지 음식 밖에 없다. 내가 가끔 가는 동네 식당에도 '시골 밥상' 메뉴 하나 밖에 없다. 고민할 필요가 없다.

간혹 정통 이태리 혹은 프랑스 식당에 가면 난감할 때가 있다. 메뉴에 나오는 요리 이름이 생소하고 전채, 메인, 후

식과 거기에 따른 와인 종류까지 고르려면 시간이 많이 걸린다. 선택에 어려움이 많다는 얘기다. 인간은 낯설고 습관이 되지 않으면 불편해한다. 이를 해결하기 위한 것이 '오늘의 추천' 메뉴이다. 물론 요리를 잘 알고 와인 종류까지 줄줄이 꿰고 있다면 이러한 선택은 즐거움으로 바뀔 수 있다.

통영에 가면 <삼시 세 끼>라는 식당이 있는데 재미있는 메뉴가 있다. 바로 '아무거나'이다. 2인에 50,000원으로 비싼 편인데 제일 잘 나가는 음식이라고 한다. 생선구이, 굴회, 부추전, 멸치무침, 해물 뚝배기 등이 포함된 한 상이 차려져 나온다. 관광지인 동피랑이 가까워서인지 음식 값이 제법 비싸다. 선택에 따른 부담을 줄이기 위한 메뉴이다.

식당에 가서 누군가 먼저 나서서 주문을 하면 나머지 일행도 같은 음식으로 달라고 하는 경우가 많다. 우리가 선택을 해야 하는 것이 점심 식사 메뉴뿐일까? 하루에도 수십 번 선택하고 인생에 걸쳐 무수한 결정을 한다. 현대사회로 들어오면서 개인의 자유는 폭넓게 확장되었다. 자유롭다는 것은 그만큼 개인이 스스로 선택할 것이 많아졌다는 의미다. 종교의 자유, 양심의 자유, 표현의 자유, 출판의 자유, 집회와 결사의 자유 등 모든 것이 개인 선택의 영역으로 넘어왔다. 관습과 전통이라는 판단 기준이 사라졌기 때문에 넘쳐나는 자유로 인해 오히려 혼란을 겪는다. 선택의 자유가 오히려 압박과 혼란으로 다가왔다. 자유의 역설이다. 산업이 고도화되고 상품의 종류가 다양해지고 소비자로서 개인이 선택할 폭이 늘어나면서 선택에 따른 갈등도 함께 증가한다. 나도 백화점이나 쇼핑몰을 가면 상품이 너무 많아 당황한 적이 있다.

선택의 폭이 늘어나면서 개인은 오히려 '결정장애'라는 심리적인 갈등까지 일으키고 있다. 자유롭게 선택할 수 있지만 오히려 그 자유가 불편함과 갈등을 일으키는 원인이 된다. 선택의 자유는 결과가 불확실한 선물이면서 책임도 함께 따르기 때문이다. 자기 결정권을 행사하기 위한 선택에도 훈련이 필요하다. 몸을 튼튼하게 하기 위해 근육 훈련을 하듯이 자기결정을 하는데도 훈련이 필요하다.

음식을 고르거나 무슨 옷을 살 것인가 하는 사소한 선택부터 어떤 직업을 구하고 어느 직장을 갈 것인지 결정하는 중차대한 결정도 스스로 주도적으로 해야 한다. 사귀는 사람과 헤어져야 하는지 결혼을 할 지도 자신의 책임하에 선택해야 한다. 인생을 살다 보면 어려운 선택을 해야 할 중요한 순간들이 많다. 하지만 우리는 여행계획, 자녀교육, 심지어 자신의 진로와 취업에 대한 의사결정도 스스로의 의지보다는 남과 비교하면서 타인의 시선에 의해 결정하는 경우가 많다.

이런 성향은 어디에 그 뿌리가 있는 것일까? 어릴 때부터 스스로 선택하는 권리를 부모로부터 빼앗겼기 때문에 선택의 연습을 하지 못한 결과로 자신감이 부족하다. 아이가 시행착오를 통해 스스로 학습할 기회를 주지 않고, 부모가 대신 고민하여 아이의 취미를 선택해주고 학원도 선택했다. 부모가 자녀의 선택권을 넘겨받았다. 아니 선택권을 빼앗았다는 말이 더 정확하다. 부모는 아이가 스스로 선택하고 실패할 수 있는 기회를 박탈한 셈이다. 선택하는 순간 다른 무언가를 포기해야 한다. 그것을 선택함으로써 포기해야 하는 선택지의 비용과 편익까지 고려해서 최적의 선택을 해야 한다. 경제학에서 다루는 기회비용이다. 선택하는 학습 기회마저 놓친다. 그렇게 삶의 주도권을 잃어가면서 자기 존중감 마저 상실한다.

왜 자신의 선택권을 남에게 넘겨줄까? 선택권을 남에게 넘기는 경우를 자세히 살펴보면 불확실한 선택의 결과에 책임을 지지 않으려는 심리가 있다. 선택지가 불확실하기도 하지만 점심 메뉴를 정하는 작은 선택에도 책임을 회피하려는 무의식이 숨어있다. 내가 점심 메뉴를 추천하고 난후, 그 식사에 문제가 있다면 알게 모르게 일행들의 눈치를 봐야 한다. 그 자리에서 직급이 가장 높은 상사가 선택을 하면 모두 따라가면 된다. 나중에 음식에 문제가 있다하더라도 나와는 관계없다. 상급자 혹은 상대방에게 불평하면 깔끔하게 끝난다. 자신은 그 책임으로부터 자유롭기때문이다.

그렇게 학습된 우리 대부분은 자의 반 타의 반으로 남의 의견에 그냥 따라가게 된다. 이런 습관이 반복되면 나의 주도적인 선택에 따른 결과와 그 결정에 대해 내가 책임을 지는 좋은 피드백 과정을 놓치게 된다. 다음에 선택할 때 신중하게 이전의 선택을 돌아보는 과정에서 조금 더 나은 의사결정을 할 수 있는 좋은 학습 기회를 놓친다. 결국 내가 책임을 져야 하기 때문에 스스로 선택하지 않는다. 집단주의가 강한 우리 사회에서 개인은 그가 속한 사회, 조직, 집단의 의견에 따라가기만 하면 되었다. 지금은 사회가 변했다. 집단주의에 익숙한 기성세대와 개인주의에 노출된 신세대와 삶의 방식이 충돌하고 있다. 개인주의는 이기주의와 혼동해 사용되고 있지만 분명히 구별해야 한다.

개인주의로 산다는 것은 자신과 타인의 인격을 존중하고 자신의 감정에 솔직해지고 자신의 욕망을 드러내는 것이다. 자신의 삶을 주체적으로 선택하면서 타인에게 피해를 주지 않고 살아가는 방식이 개인주의이다. 이런 개인들이 공동체에서 만나 타인의 권리를 존중하고 자신의 책임도 기꺼이 수용한다. 자신의 삶의 주인으로 살아가지만 결코 자기 이익만을 추구하지 않는다. 내 삶의 주인으로 살면서 행복을 누릴 것인가 아니면 스스로를 끊임없이 착취하는 욕망의 노예로 살 것인가도 개인의 선택이다.

선택에는 자율성, 즉 자기 결정권이 중요하다. **자기 결정권은 삶의 질을 결정하는 가장 중요한 요인이다.** 즉 '자신의 의지대로 삶을 통제하고 있는가'에 관한 문제이다. 자기 결정권이 인간의 행복을 결정하는 중요한 요인이라는 것은 많은 실험을 통해 밝혀졌다. 『스스로 살아가는 힘』의 저자 문요한은 다음과 같이 강조한다.

"인간은 근본적으로 스스로 선택하고 스스로 뭔가를 할 수 있기를 바란다. 뭔가 선택할 수 있는 기회와 스스로 할 수 있는 역할을 갖도록 도와야 한다. (중략) 만일 자율성의 욕구가 충족되지 못한다면 사람들은 점점 스트레스를 받고 무기력해진다. 반대로 스스로 결정하고 자기 삶을 산다고 느낄 때 행복해진다."

누구나 자신의 삶에서 주연이 되고 싶어 하지, 엑스트라로 남고 싶은 사람은 없을 것이다. 나 역시 대기업에서 일하면서 매일 쌓이는 업무로 인해 받는 스트레스로 몸과 마음이 편하지 않는 시간을 보낸 기억이 있다. 나는 거대한 기계의 작은 톱니바퀴의 일부분이 될 수밖에 없었다. 군대에서 시작된 단체주의로 인해 내 자율성이 침해 받고 사람과 사회에 대한 신뢰도가 낮아 적응하기가 어려웠다. 내 스스로 시간을 통제할 수 없다는 것이 가장 큰 불만이었다. 결국 퇴사하면서 마침표를 찍었다.

내 삶과 시간을 일부분이라도 통제할 수 있다는 것은 내가 인생의 주인으로 살아갈 수 있는 힘이 있다는 뜻이다. 삶의 일부분이라도 통제한다는 것의 의미는 구체적으로 무엇일까? 운명을 거스를 수는 없지만 운명의 시간 속에도 내가 자율적으로 선택하여 결정하고 그 결정에 책임지는 행동을 할 수 있다. 선택의 결과에 책임지는 삶은 보다 진지하고 성숙한 삶으로 이어지지 않을까? 자율적인 선택을 방해하는 가장 큰 요인은 돈과 시간이다. 돈은 삶에서 필요한 조건이지만 행복을 보장하는 충분조건은 아니다. 돈과 시간에 구애 받지 않고 자유롭게 사는 사람이 과연 얼마나 될까? 고연봉을 받는 직업일수록 자신의 시간을 가지기 어렵다. 세상에 공짜는 없는 법이니까.

미국의 경제사학자 리처드 이스털린은 1974년 자신의 논문에서 "수입이 일정 수준까지 올라 기본 욕구가 충족되면 수입의 증가가 더 이상 행복에 영향을 미치지 않는다."는 연구결과를 발표했다. 이른바 '이스털린의 역설'이라 부른다. 우리가 흔히 얘기하는 "돈과 행복은 비례하지 않는다"는 사실을 증명하였다. 다만 여기서 일정 수준의 돈은 행복을 추구하는데 꼭 필요하다는 점을 강조했다. 일정 수준의 돈이 과연 얼마인지가 논란이 많았다.

노벨 경제학 수상자인 대니얼 카너먼의 2010년 연구 결과에 의하면 그 기준점이 연소득으로 7만5천 달러이다. 2021년 환율로 환산하면 연봉 약 9천만이고 지난 11년간 물가상승률 연 평균 2%까지 고려하면 약 1억 1천만원이 된다. 만만치 않은 소득이다. 연봉 1억 이상이 되면 더 이상 행복도는 올라가지 않는다는 말이다. 오히려 자산이 늘면 이를 어떻게 늘리면서 관리해야 할지 더 스트레스를 받는다고 지적했다. 백퍼센트 공감하는 대목이다. 이러한 현상은 우리 주위에서도 자주 확인할 수 있다. '돈이 저렇게 많은데 왜 저러고 사나?'라고 말하게 되는 사람을 자주 목격할 수 있다. 돈으로부터 자유롭지 못하고 오히려 돈이 자신을 옭아매는 족쇄가 된 형국이다.

인생을 살다 보면 운명과도 같은 시련이 닥칠 때 어떤 선택을 하는가는 더욱 중요하다. 삶 가운데 주체적인 선택을 할 수 있다는 것은 나에 대한 신뢰이자 공동체에 대한 신뢰다. 그 선택은 무거운 부담이지만 자신이 주도적으로 선택하면 그것을 끝까지 책임지고 밀고 나가려는 힘이 생긴다. 잘못되었을 때 자책하지 않고 오히려 좋은 경험으로 남는다. 이런 태도 또한 자신의 선택이다.

실존주의 철학자 장 폴 사르트르는 "인생은 탄생과 죽음 사이에 선택이다"라고 했다. 그렇다, 삶은 선택의 연속이다. 미래의 나는 오늘부터 어떤 선택을 하는가에 따라 결정된다. 그렇지 않은가? 작은 것부터 연습하자. 남의 눈치보지 말고 오늘 점심 메뉴만큼은 그 누구에게도 미루지 말자. 운명은 타고 나는 것도 분명 있지만 나의 일상의 삶에서 작은 선택을 통해 결정되기도 한다. 내가 자율적으로 결정하지 못하면 다른 사람이 나의 운명을 결정하고 자신은 노예가 되고 난다.

내 삶의 주인이 되기 위한 출발점이다.

소풍으로 온 삶

"까톡~!"

"새해 복 많이 받았는가? 환갑이네..."

"아, 현실이네! 환갑기념 술이나 한잔 하자. 세월 참..."

1월 초 신년 안부를 전하는 고등학교 동기로부터 카톡이 왔다. 마침 얼마 전에 앨범 정리를 하다가 디지털로 바꾸어 핸드폰에 담아 둔 교교 시절의 사진 몇 장을 카톡으로 보내 주었다. 고2 때 봄 소풍을 간 날이었다. 집으로 돌아오는 길에 들뜬 마음에 친구들과 함께 고삐 풀린 망아지처럼 막걸리를 한잔 마시고는 오랜만에 함께 어깨동무를 하면서 시내를 돌아다니다가 마침 다른 학교 체육 선생의 순회 단속에 걸려 부리나케 도망갔던 기억이 선명하다. 그러다 가까이 있는 아파트 옥상으로 모두 피신해서 놀았던 사진도 있다. 카톡이 다시 왔다.

"아~ 그립다. 지금 눈물 한 방울 찔끔했다."

정말 내가 환갑이라니? 쉽게 받아들이기 어렵지만 버텨서 될 일도 아니고 인정할 것은 인정하자. 고교 동기회에서는 환갑맞이 여행을 준비한다고 떠들썩하다. 환갑이 되었다는 것이 자랑도 아니고, **'두 번째 서른'**을 지나면서 의미 없이 보낼 수 없다는 아쉬움이 있었다. 우선 나 자신을 한번 돌이켜보면서 정리하고 싶었다. 제2의 인생을 어떻게 살아갈 지도 고민하기 위해서다.

일상은 늘 반복되기 때문에 권태롭다. 그렇지만 나의 기억 속에 남아 있는 것을 이야기로 엮어 내면 무의미하게 보이는 일상에도 가치를 부여할 수 있을 것 같았다. 삶을 돌아보면서 나를 앞으로 밀고 나간 에너지는 무엇이었나? 스스로에게 물어본다. 불안이었다. 불안은 미래에 일어날 그 실체를 정확하게 알 수 없는 것에 대한 두려움이다. 막연한 불안감, 그 불안은 어디에서 왔을까? 내 삶의 궤적을 쫓아가면 그것은 죽음이었다.

아주 어릴 적이라 기억이 정확하지는 않지만 어슴푸레 떠오르는 장면이 있다. 햇볕이 내리쬐는 맑은 여름날, 대청마루에서 낮잠을 자다가 문득 잠에서 깼다. 대낮인데도 주위가 컴컴했다. 소낙비가 내리기 시작했는데 주위에 있어야 할 엄마가 보이지 않았다. 항상 곁에 있던 엄마가 사라졌다. 겁이 덜컥 났다. 어둑한 대낮에 엄마의 부재를 통해 죽음을 상상한 것이었다. 갑자기 하늘이 무너질 것같이 깜깜했다. 얼마나 끔찍한 생각이었으면 그렇게 기억에 오래 남았을까? 죽음에 대한 두려움과 공포가 아니었을까? 아니면 아동기에 겪는 분리 불안이었는지 모르겠다.

죽음의 그림자는 계속 나를 쫓아왔다. 병으로 고통을 받던 고등학교 시절에도 끈질기게 찾아왔다. 어린 시절에 상상 속의 죽음이 아니라 몸이 견딜 수 없는 고통 속에서 느끼는 실존적인 죽음에 대한 공포와 함께 찾아온 허무였다. 삶에 끝이 있다는 사실을 어린 나이에 몸으로 알았다. 나와 가까운 모든 것과의 이별이 언제든 가능하다는 사실을 안 것이다. 죽음과 허무는 꽤 오래동안 나의 뒷덜미를 잡았다. 내가 언젠가는 세상에서 사라질 수 있다는 유한한 존재라는 사실을 일깨워 주었다. 노래를 불러도 <사의 찬

미> 같은 노래만 입에 맴돌았다. 고통스러운 세상에 사느니 차라리 죽음이 아름답다고 노래했지만 결국 그것은 삶에 대한 애착이었다. 청년이 된 어느 날, 다시 병원에 입원하게 되면서 문득 언젠가 사라질 운명이라면 사는 동안이나마 제대로 살아보자는 생각이 들었다. 어차피 삶에 끝이 있다면 그 유한함 속에서 의미를 찾고 싶었다.

생의 의미를 생각한 첫 순간이었다. 삶의 의미는 시련과 고통 속에서 나도 모르는 사이에 내 삶 안으로 밀고 들어왔다. 인간은 죽음을 받아들여야 하는 유한한 존재이지만 동시에 무한을 상상할 수 있다. 삶은 세상 속에서 열려 있기 때문에 그 무엇을 상상하든 가능하다. 그것이 무엇일까? 어제보다는 더 나은 나로 발전한다면 그래도 의미가 있지 않을까?

최근에 고향을 찾아간 김에 예전의 흔적을 찾기 위해 초등, 중 고등학교 시절에 살았던 옛집과 골목을 찾았다. 이사를 네 번 했던 기억이 나는데 가는 곳마다 내가 살았던 집이 한 군데도 남아 있지 않았다. 그 기억의 장소는 흔적도 없이 사라지고 상가가 들어섰거나 아니면 주차장으로 사용하고 있었다. 과거의 일부가 뭉텅 떨어져 나간 느낌이었다. 마음이 허전했다. 우리는 왜 깡그리 다 부셔버리는가? 촌스럽고 가난했던 과거의 흔적을 지워버리고 싶은 심리일까? 어려웠던 과거였지만 그것을 인정하고 그 토대 위에 세울 수는 없을까? 눈에서 사라지면 기억 속에서도 사라져 버린다. 오직 돈이 된다는 이유 하나만으로 부시고 새로 지어 댄다.

<응답하라 1988>에 나오는 그 골목에서 이웃과 스스럼 없이 지내는 삶을 보면서 감동했던 기억이 떠오른다. 오래 전 우리가 살았던 골목에서의 추억을 공유할 수 있어 좋았다. 옛 공간이 사라진다는 것은 그 공간에서의 추억도 사라지게 만든다. 삶의 한 부분이 잘려 나간 아픔이었다. 그렇게 사라진 공간을 기억의 조각들로 다시 모아서 글로 쓰고 싶었다. 기억을 더듬어보면 고등학교 이후의 기억은 마치 파도에 휩쓸리듯이 시간의 물결에 순식간에 떠밀려온 것 같았다. 누군가 얘기한 "정신없이 사는 인간의 인생은 짧다"는 말이 새삼 마음에 와 닿는다. 분주한 일상의 삶은 그렇게 기억 속에서 쉽게 사라진다.

이제야 한걸음 물러서 나를 돌아보는 시간을 갖는다. 말 그대로 정신없이 살아왔다. 기억을 더듬어 보니 어릴 적

기억이 제일 먼저 떠올랐다. 몇 번에 걸친 죽음의 공포를 겪고 난 후, 비로소 앞으로 어떻게 살아야 잘 사는 것인가를 고민하게 되었다. 세월이 흐르고 몸이 회복된 후에는 그동안의 공백을 뛰어 넘고 싶었다. 사업을 일구고 돈을 벌어서 남들이 부러워하는 성공이라는 신기루를 쫓기 위해 내달렸다.

로마의 철학자 세네카는 **"욕망은 결국 허상이다. 욕망이란 모름지기 겉보기에는 저마다 다르게 보이지만 허상에 불과하다는 점을 기억해야 할 것이다. 저만치 높은 곳에 있는 사람을 시기하지 마라. 그들이 서 있는 곳이 바로 낭떠러지인지도 모른다"**고 말했다. 2천년 전에 살았던 로마의 현인도 타자의 욕망을 욕망하는 수많은 그림자를 보았다. 우리에게 주어진 짧은 삶 속에서 '후회없이 어떻게 살 것인가'라는 질문을 붙들고 생과 죽음을 생각한다.

내일이 삶의 마지막이라고 생각하면 지금 이 순간 나의 선택은 완전히 달라질 것이다. 남은 시간에 가장 소중한 일에 진심을 다하면서 집중할 것이다. 그것이 나에게는 글쓰기였다. 그 순간이 오더라도 난 산책하고 글을 쓰면서 삶의 풍성함을 온몸으로 느끼고 싶다. 책상에만 머물러 있지 않고 자연을 느낄 수 있는 여행을 하고 싶다. 어느 날 나에게도 죽음의 시간이 찾아올 것이다.

죽음은 물리적으로는 다시 아무것도 없음으로 돌아가는 것이다. 결국은 존재의 사라짐이다. 인간의 가장 원초적인 두려움이다. 개별 존재는 사라지지만 생명의 원형이 가진 영혼은 영속한다고 믿는다. 아니, 그렇게 믿고 싶다. 지질학자이면서 고생물학을 연구한 가톨릭 신부인 테야르 드 샤르댕은 『인간 현상』에서 인류가 살고 있는 이 우주는 진화의 완성 단계인 '오메가 포인트'라는 궁극에의 종착점을 향하고 있다고 했다. 우주의 기원인 빅뱅으로 폭발하기 직전의 한 점으로 가는 것은 아닐까?

우주의 종착점이 무슨 이름으로 불리든 상관없다. 우주가 완성의 단계로 가는 과정이라도 궁극적으로 너와 나, 모든 생명체는 다 사라질 수밖에 없다. 누구도 나와 당신을 영원히 기억할 수 없다. 이 냉정한 사실 앞에 오히려 지금의 삶이 더 소중하게 느껴진다.

지금까지 불안한 마음으로 바라보던 죽음과 조금은 더 친숙해진 것 같다. 더 이상 내일과 내년과 같은 불확실한 미래를 담보로 현재를 낭비하고 싶지 않다. 지금 글을 쓰고 있는 이 순간, 나는 나로 순수하게 존재하고 있다는 그 사실만으로도 흡족하다. 삶은 죽음과 함께 하는 일이지 별개의 사건이 아니다. 어떻게 살 것인가와 어떻게 죽을 것인가는 동전의 양면과도 같이 서로 떼어 놓을 수 없는 질문이다. 현재 충만한 삶을 사는 자만이 죽음도 기꺼이 맞이할 수 있다고 생각한다. 인생이란 짧지만 의미 있는 삶을 누릴 만큼의 시간은 충분히 있다고 믿는다.

호주 출신의 작가이면서 요양원에서 말기 환자들의 간병인으로 활동했던 브로니 웨어가 12주 밖에 남지 않는 시한부 노인을 돌보면서 공통적으로 들었다는 <죽기 전에 가장 후회하는 5가지>이다.

1. 내가 원하는 삶을 살았더라면
2. 내가 그렇게 일만 열심히 하지 않았더라면
3. 내 감정을 제대로 표현할 용기를 가졌더라면
4. 친구들과 계속 연락하고 즐겁게 지냈더라면
5. 행복은 주어지는 것이 아니라 선택이라는 사실을 알았더라면

아무리 사이가 나빴던 부부도 배우자를 먼저 보내고 나면 깊은 상실감에 빠진다. 조금 더 잘 해 줄 걸, 함께 여행을 많이 할 걸… 등 대부분 하지 못한 것에 대한 후회이다. 타인을 먼저 보내면서도 그렇게 후회를 하는데 본인의 삶의 마지막 순간에는 회한이 더 많으리라. 후회는 결국 삶의 주체성을 누리지 못하고 남의 시선을 의식하면서 습관대로 살아온 데서 오는 회한들이다. 변화를 두려워하고 남의 눈치를 보면서 타인의 삶 속에서 길들여진 습관으로는 행복을 느낄 수 없다.

시한부 환자들의 첫 번째 후회인 '내가 원하는 삶을 산다는 것'이 얼마나 어려운지 안다. 세상의 흐름에 거슬러 가야 하기 때문이다. 뉴스에서 주식으로 돈을 벌었다는 사람이 많다는 시점이 바로 주식시장에서 빠져나올 시간이라고 한다. 안타깝게도 대부분의 사람들은 세상 흐름을 거슬러 가지 못한다.

브로니 웨어가 증거하듯이 후회 없이 살아야 잘 죽을 수 있다. 삶을 내 스스로 선택하지 못했듯이 죽음도 내가 결정할 수 없다. 하지만 급류에 휩쓸려 허우적거리면서 죽음을 맞이하고 싶지는 않다. 코로나19로 인해 슬픈 소식들이 들려온다. 중환자 음압병실에 격리되어 있다가 가족과 작별 인사도 하지 못하고 홀로 마지막 숨을 거둔다는 뉴스가 가장 가슴 아프다. 그동안 미루어온 연명치료 거부 사전의향서를 근처 국민건강보험공단 지부에 가서 제출했다. 나는 마지막 순간 가족과 함께 손을 잡고 소풍 왔다가 집으로 다시 돌아가는 것처럼 작별인사를 나누면서 떠나고 싶다. 천상병 시인이 쓴 <귀천>에 나온 시구처럼 그렇게 돌아가고 싶다.

나 하늘로 돌아가리라
새벽빛 와 닿으면 스러지는
이슬 더불어 손에 손을 잡고

나 하늘로 돌아가리라.
노을빛 함께 단 둘이서
기슭에서 놀다가 구름 손짓하면은

나 하늘로 돌아가리라
아름다운 이 세상 소풍 끝내는 날
가서, 아름다웠더라 고 말하리라...

위대한 유산

아침에 브런치가 도착했다.

먹는 브런치가 아니다. 카카오에서 개발한 글쓰기 플랫폼이다. <나는 아부지로부터 수십억 유산을 물려받았습니다>라는 제목의 글이다. 아침부터 웬 유산 타령을 하는가 생각하면서 넘어가려다 도대체 어떤 아부지가 딸에게 그렇게 많이 줄 수 있지? 라는 호기심과 질투심이 섞인 마음으로 읽어 내려갔다. 읽어보니 아버지의 딸에 대한 깊은 사랑이 배어 있었고, 딸 또한 그 사랑으로 수십억 유산보다 더 귀한 자존감을 물려 받았다는 얘기다.

읽은 후 마음이 찡하다. "아부지는 내가 있는 그대로 받아들여질 수 있는 경험을 선사한 사람이다"라는 글귀에 잠깐 멈춘다. 나는 딸들에게 어떤 모습으로 비춰질까? 딸들에게 내가 물려줄 유산은 무엇일까? 내가 아버지로부터 받은 유산은 무엇인가 다시 뒤돌아본다.

2002년 1월 어느 추운 겨울날, 학교로 출근하는 길에 전화 한 통을 받았다. 큰 형님한테서 온 전화다. 잠깐 뜸을 들인 후에 얘기를 꺼낸다. 예전에 기업을 경영하며 은행으로부터 대출을 받을 때 아버지가 연대보증인으로 날인을 했다는 것이다.

"그런데요…?"

이야기를 들어보니 심각한 일이었다. 당시 기업을 운영하는 큰형이 사업자금 대출을 받을 때, 은행에서 연대 보증인을 요구해서 특수 관계인이자 명예회장으로 계신 아버지 도장이 함께 찍혔다는 것이다. 회사에서 자금이 급하니 다른 일로 회사 재무팀에 맡긴 아버지 인감도장으로 당시 치매 초기 증상을 보이신 아버지의 동의도 없이 담당 임원이 연대 보증서에 도장을 찍은 것이다.

당시 은행에서는 꼭 연대 보증인을 요구했다. 보증 금액을 물으니 한국 자산관리공사에 서류가 있다고 한다. 다음 날 삼성동 무역센터에 있는 자산관리공사로 직접 가서 연대 보증서 서류를 하나씩 확인했다. 자필 사인은 없었으나 도장은 선명하게 찍혀 있었다. 연대보증 금액을 모두 더해 보니 800억 원이 조금 넘는다. 8억도 아니고 80억도 아닌, 믿을 수가 없었다. 공사 직원이 상속포기를 하지 않았기 때문에 채무도 고스란히 상속이 된다고 한다. 채무도 재산과 함께 상속이 된다는 것을 처음 알았다. 상속인이 함께 분담해야 한다는 말이다.

내 삶을 받치고 있는 기반이 갑자기 무너지는 느낌이었다. 가슴이 꽉 막히면서 숨을 제대로 쉴 수가 없었다. 어떻게 해야 하나? 나로서는 방법이 없다. 800억 원? 피상속인들이 부채를 나눈다 해도 도저히 내 평생을 모아도 갚을 수 없는 금액이다. 이민을 가야 하나? 라는 생각까지 떠올랐다. 영동대로를 건너는데 그 날 따라 바람까지 차갑고 매서웠다. 1997년 IMF 외환위기로 회사가 부도가 나면서 다음 해 아버지께서 돌아가셨으니 4년이 지났는데 이제 와서 아버지가 진 보증 채무를 아들이 갚으라니. 내가 알지도 못하는 채무를? 부당하고 억울했다.

상속법을 찾았다. 당시 상속법은 상속개시가 있음을 안 날로부터 3개월 이내에 상속포기를 하거나 아니면 한정승인을 할 것인지 선택할 수 있었다. 쉽게 얘기하면 사망을 인지한 날로부터 3개월 이내에 상속포기나 한정승인을 해야 한다는 뜻이다. 한정 승인은 상속채무가 상속재산보다 많은 경우에 상속재산 범위 내에서 채무를 변제하는 방법이다. 단, 한정승인도 상속개시일 즉 사망을 안 날로부터 3개월 이내에 신청해야 한다. 벌써 4년이 넘었으니 법의 구제를 받을 길도 없었다.

신문도 검색했다. 당시만 하더라도 IMF 외환위기를 거치면서 회사 부도가 많았기에 나와 비슷하게 억울한 경우도 많았다. 그때, 신문 한 면에 나의 시선을 끄는 기사가 있었다. 억울하게 같은 어려움을 겪고 있던 누군가 헌법재판소에 헌법소원을 했다. 상속법에 문제가 있으니 법 개정을 해 달라고 헌법재판소에 위헌신청을 하여 1998년 8월에 헌법불합치 결정을 받았다는 기록이 나왔다. 그 후 2002년 1월 민법 개정을 통해 '특별 한정승인' 제도를 만들었다. 상속개시가 있음을 안 후 3개월이 아니라 "상속채무가 상속재산보다 더 많다는 사실을 안 후 3개월 내에 한정상속승인 신청을 할 수 있다."는 사항이 추가되었다.

하늘이 무너져도 솟아날 구멍은 있구나! 도저히 풀 수 없는 난제를 해결할 실마리가 보였다. 그런데 한 가지 우려되는 사항은 2002년에 개정된 '상속에 관한 민법'이 1998년의 시점까지 소급이 가능한 것인가? 변호사 친구에게 확인했다. 친구는 헌법불합치 결정이 1998년에 났기 때문에 소급 적용이 가능하다는 의견이었고 실제로 법적 승인 절차를 거쳐야 결과를 알 수 있다고 하였다.

상속재산을 확인하니 작은 단층 상가건물과 부속 대지와 고향 선산의 논밭 정도다. 소급적용은 1998년 5월 27일 기준으로 하여 그 이후부터 소급이 가능하다는 것을 알았다. 아버지께서 돌아가신 날이 1998년 8월 10일이니 소급 적용이 가능했다. 결국 변호사 친구의 도움으로 상속 한정승인을 위한 법적 절차를 밟았다. 3개월 동안 마음을 조이며 기다렸다. 2002년 3월 서울 가정법원으로부터 한정승인 신고를 수리한다는 심판을 받았다. 친구가 고마웠다.

그 해 겨울은 유난히 춥고 길게 느껴졌다. 그럼에도 불구하고 아버지에 대한 원망은 없다. 아버지가 "네가 태어나면서 집안 살림이 서서히 나아졌다"는 말씀을 나에게 몇 번이고 하시던 기억이 난다. "내가 집안의 복을 안고 태어났다"고 하시던 말씀도 기억난다. 어렵고 힘들 때 그 말씀이 내게는 큰 위로가 되었다. 힘든 일이 생길 때마다 '나는 복을 갖고 태어났는데 잘할 수 있을 거야'라고 늘 나에게 다짐했고, 또 그것이 힘이 되었다. 미국 유학시절 아파트 아래층에 살았던 서윤씨가 생각난다. 그의 아버지 서정주 시인이 막내 서윤이 태어나면서 지은 <차남 윤 출생의 힘을 입어>라는 시를 찾았다.

그러나 1957년 2월 4일
그 아이 윤이 태어나고부터
우리 집살림은 서서히 자리가 잡히어
부부 사이의 이해도 더 늘어나고
내 직장의 인내력도 배가하게 되고
저축도 한 푼 두 푼 더 모으게 되고 하여
말하자면 그 '착실한 살림꾼'의 길로 접어들긴 했으니
이게 현실을 사는 사람의 복의 입구 아니고 무엇이겠는가?

나의 아버지께서는 젊은 시절 홀로 일본으로 건너가 어렵게 생활하시다가 결국 몸이 상해서 돌아오셨다. 그 후로 다시 만주로 넘어가 식구를 먹여 살리기 위해 노력하면서 궁핍함을 체득하시고 먹지 못해 배고픈 사람의 안타까움도 함께 느끼셨다고 하셨다. 가끔 만주에서 겪었던 일과 육이오 전쟁 피난시절 얘기를 형님께 하실 때 등 너머로 들은 기억이 난다. 조정래의 소설 『태백산맥』을 읽으면서 내가 태어나기 훨씬 전인 육이오 전쟁 피난 과정의 위태롭고 안타까웠던 아버지의 삶을 어슴푸레 짐작할 수 있었다. 그후, 『아리랑』을 통해서는 아버지의 곽곽했던 만주 생활을 더 또렷하게 공감할 수 있었다.

내가 어릴 때는 걸인이 많았다. 해가 저물기 시작하면 걸인은 끼니를 해결하기 위해 동네 집을 찾아다닌다. 그럴 때, 아버지께서는 옆에 있던 엄마와 나에게 조금이라도 더 많이 적선하라고 하셨다. 우리가 먹다 남은 밥이 아니라 새 밥과 찬을 주라고 하셨다. 남의 어려운 처지를 생각하시는 아버지의 측은지심의 마음이었다. 만주 벌판에서 궁핍함을 체험하셨기에 어려운 사람의 막막한 사정을 잘 이해하셨으리라 짐작된다.

예전에는 새해가 되면 문 앞에 복조리가 많이 떨어져 있었다. 조리는 쌀에 섞인 잔돌을 고르기 위한 것인데 새벽에 누군가 던져 놓고 가고, 오후가 되면 수금하러 어린 아이들이 초인종을 누른다. 어떤 경우는 성가실 정도로 자주 문을 두드린다. 그럴 때에도 아버지는 두 말 하시지 않고 복조리 값을 주시고는 고생이 많다고 덤으로 더 주셨다. 그 장면이 아직도 눈에 선하다. 나에게 무엇이 되라고 강요한 적도 없고 크게 야단을 맞은 기억도 없다. 그냥 몸으로 당신의 삶을 보여주셨다. 아버지가 오늘따라 무척 보고 싶다.

내가 태어난 곳은 아니지만 일년에 한두 번 정도 선산이 있는 의성을 찾는다. 봄날에 차를 타고 고향 초입에 들어서면 길 양쪽에 약 1킬로미터에 걸쳐 아름드리 벚나무가 꽃을 화려하게 피운다. 아름다운 벚꽃을 보면서 아버지를 생각한다. 지금부터 약 30년 전, 돌아가시기 약 10년 전에 아버지께서 자비로 심은 것이다. 처음에는 내 허리 춤에 오던 묘목들이 이제는 아름드리 나무로 변해 나를 반겨준다. 그 벚꽃 길을 지나면서 아버지를 생각한다.

로마시대 정치가이자 철학자였던 키케로는 "다음 세대를 이롭게 하고자 나무를 심고 있다" 라고 했다. 키케로의 '나무를 심는다'는 의미는 농사일에 최선을 다해 후손이 잘 먹을 수 있다는 뜻과 함께 교육을 통해 자손들이 더 풍요로운 삶을 살기를 바라는 마음이다. 아버지께서도 그런 마음으로 나무를 심으셨을 것이다.

호숫가를 걸으면서 아버지로부터 받은 빚더미 유산을 다시 생각한다. 한때는 원망도 했다. 그 위험한 유산이 이제는 '측은지심'이라는 위대한 유산으로 나의 후손에게 전해지길 바랄 뿐이다. 부모님의 마음과 생각이 내 마음 속에 남아 있다면 아직 함께 살고 있다는 의미다. 부모님은 시간과 공간적 한계를 넘어 영속적인 존재로서 나의 마음에 있고 그 마음이 후손에게도 이어질 것으로 믿는다. 이제는 자신 있게 말할 수 있다.

나는 부모로부터 위험한 유산이 아니라 '위대한 유산'을 물려 받았다고.

PART 2
일상에서 삶의 의미를 찾는 시간

인간은 걸을 수 있을 만큼만 존재한다.

장 폴 샤르트르

하루를 축복 속에서 보내고 싶다면 아침에 일어나 걸어라.

헨리 데이비드 소로우

만보 걷기 그후 3년 - 생각의 마중물

처음 한 걸음 떼기가 어렵다.

일단 걷기 시작하면 관성의 법칙이 걷기에도 적용된다. 매일 만보 이상을 걸었다. 왜 이렇게 열심히 걸었을까? 날씨가 좋지 않은 날은 그냥 쉬고 싶을 때도 있었다. '딱 오늘 하루만 쉬자, 날씨도 나쁘니까'하고 합리적인 핑계를 댄다. 이 또한 관성의 법칙이 적용되어 계속 쉬고 싶어서 더 이상 걷기를 포기한다. 나 자신과 계속 밀당하다가 결정적인 사건이 터졌다.

낙상으로 인한 두통이었다. 사무실 의자에 앉으려는 순간에 의자가 미끄러져 엉덩방아를 크게 찧었다. 다음 날부터 말로 표현할 수 없는 심한 두통에 시달렸다. 두통과 함께 답답한 마음을 해소하기 위해 밖으로 나가서 조금 걸었다. 신기하게도 걷고 나면 두통이 해소된다는 것을 알았다. 평상시에는 머리가 약간 맑아지는 느낌을 받았는데 두통에 확실히 효과가 있었다. 그 효능을 본 후 매일 걸었다. 내친김에 날마다 만보 이상을 걸었다. 두통이 해소될 뿐만 아니라 머리가 한결 가벼워졌다.

처음에는 두통을 치료하는데 도움이 되었지만 걸으면서 정신적으로도 치유가 되었다. 걷는 시간은 내 삶을 돌아보는 순간이었다. 걷기 시작해서 얼마 지나지 않으면 신기하게도 예전의 기억이 떠오르고 또 새로운 생각이 솟아난다. 물론 지나간 과거에 대한 후회도 있지만 어떻게 살아갈지 미래를 향한 긍정적인 생각이 더 많이 떠올랐다. 마치 지하 깊숙한 곳에 있는 물을 길어 올리는 것처럼 나의 잠재의식 속에 있던 오랜 기억들이 올라온다. 물을 길어 올릴 때 마중물이 필요한 것처럼 걸으면 오랜 기억과 생각이 꼬리를 물고 떠오른다.

가끔 그 생각들이 나에게 말을 건다. "왜 그렇게 스스로 들볶으면서 힘들게 사느냐고, 이제는 편히 쉬고 싶지 않느냐"고 속삭인다. 그렇게 길어 올린 기억과 생각들은 어느 순간 잠시 떠올랐다가 금방 사라지는 휘발성이 아주 강하다. 그럴 때는 잠시 걸음을 멈추고 호숫가 벤치에 앉는다. 호흡을 가다듬고 그 순간 떠오른 생각의 키워드를 핸드폰 메모장에 쓴다.

기록을 해야 그 기억을 남길 수 있다. 메모장에는 각종 생각의 조각들이 켜켜이 쌓인다. 생각의 조각들이 모여 생각의 흐름이 된다. 생각이 축적되어 넘칠 즈음 자연스레 물의 흐름처럼 농지와 집수장으로 필요한 곳으로 흘러 보내야 한다. 밖으로 흘려 보내지 않고 고여 있으면 가뭄철의 저수지처럼 흔적도 없이 사라진다. 바로 글을 쓰는 이유이다.

아침은 글 쓰는 시간이다. 생각을 정리하려면 먼저 은행에서 돈을 찾듯이 생각을 인출해야 한다. 글쓰기를 통해 잠겨 있던 생각을 끄집어낸다. 돈도 쌓아 놓기만 해서는 효용 가치가 없다. 돈을 인출하여 사용해야 경제활동에 도움이 된다. 공부도 마냥 읽고 듣기만 해서는 효과가 떨어진다. 읽고 들었으면 말하고 써야 한다. 걸으면서 떠올랐던 신선한 생각은 시간이 지나면 금방 잊어버린다. 생각의 흐름도 글로 표현할 수 있을 때 생각이 완결된다. 아니면 잡념이 되어 사라진다. 생각의 줄기를 잡기 위해 메모하고 글쓰기를 시작했다.

생각을 정리하는 것도 루틴이 필요하다.

소설가 김훈은 하루 원고지 다섯 장을 반드시 쓴다고 한다. 일본의 베스트셀러 작가 무라카미 하루키는 오전에 글을 쓰고 오후에는 달리거나 수영을 한다. 40년을 규칙적으로 했다고 한다. 나도 루틴을 가지려고 노력했지만 습관을 들이기가 어려웠다. 아침에 걷고 난 후 샤워를 하고 조용히 서재에 앉아 일단 노트북을 켠다. 이 때 메모가 없으면 그냥 멍하니 노트북 화면만 쳐다보게 된다. 걷다가 중간에 쉴 때 틈틈이 적어 놓은 메모를 본다. 메모의 내용을 보면 그 당시 생각의 흐름을 다시 잡을 수 있다. 메모가 없다면 한 글자도 나아갈 수 없었을 것이다. 걸으면서 갑자기 좋은 생각이나 기억이 날 때면 메모장에 짧게 기록한 이유다.

생각의 흐름을 이야기로 만들기 위해서는 구조를 잡아야

한다. 구조를 바탕으로 씨줄과 낱줄로 엮어 자판을 두들긴다. 중간에 막히기도 하고 쓰고 나면 무슨 말을 하고 있지? 글이 맥락을 잃고 길을 헤매는 경우도 많다. 일단 작성된 이야기는 수정하면 된다. 매일 단조롭지만 바쁘게 살다가 놓쳐버렸던 나를 돌아보는 시간이었다. 글을 쓰다가 갑자기 호기심이 생겼다. 핸드폰에 있는 메모 앱에서 메모 정렬을 생성일이 오래된 순으로 바꾸었다. 최초로 적은 첫 번째 메모가 나타났다.

2011년 12월 17일에 쓴 메모이다. "내가 죽기 전에 할 일, 그리고 후회하지 않는 일"이라는 글이다. 가고 싶은 여행지와 요리를 배우겠다는 것에 다음의 목록이 있다. 홍도, 울릉도, 보길도, 로마, 마드리드, 발리, 대만, 미국 팜스프링, 캐나다 로키산맥, 터키, 아르헨티나를 거쳐 남극 순이다. 이 중에 많은 곳을 여행했지만 뭔가 허전하다. 남에게 자랑하려는 마음과 함께 마치 숙제를 한 느낌이 들었다. 더구나 글로 남기지 못했기에 여행하면서 즐거운 순간마저 기억 속으로 사라졌다.

그 다음 목록에 "The History of My Life"가 적혀 있다. 오래 전, 간디의 자서전을 읽고 그의 솔직함에 감동받았다.

나도 내 생애에 관한 글을 쓰겠다는 생각을 그 당시 적어 놓았다. 죽기 전에 할 일 중의 하나로 나의 삶에 대해 글을 쓰고 싶었다. 그것도 즐거운 마음으로 쓰고 싶었다. 어느덧 10년 이상 지난 지금에서야 그 생각을 행동으로 옮긴다.

대학을 졸업하고 군입대를 위해 집에 있을 때, 한길사에서 나온 함석헌 전집을 읽기 시작하면서 그 분의 사상에 심취한 적이 있었다. 그렇게 즐겁게 읽은 책이나 영화에서 느낀 감동을 함께 나누고 전달하고 싶은데 쉽지가 않았다. 읽는 당시에는 흥미롭고 감흥이 생겼지만 그것으로 끝이다. 메모를 하기 시작한 또 다른 이유이다. 읽었던 책 제목도 기억이 나지 않는 경우도 더러 있었다.

『습관의 힘』이라는 책을 이미 샀는데 전자책으로 다시 샀다. 중간까지 읽은 흔적도 있다. 어이가 없었다. 왜 자신이 산 책도 기억하지 못할까? 메모를 시작한 또 하나의 이유였다. 책을 읽으면서 감동을 받은 글귀가 있으면 메모를 하거나 e-북이면 스크린샷을 하여 메모에 끼워 넣는다. 어떤 기억은 왜 그렇게 빨리 없어지고 또 어떤 기억은 오래동안 남는 것일까? 궁금했다.

노벨 생리의학상을 받은 컬럼비아 대학의 에릭 캔델 교수는 단기기억에서 장기기억으로 전환하는 뇌신경 연결의 촉매제인 '크랩' 단백질을 발견하였다. 단기 기억의 정보를 반복적으로 학습하면 새로운 뇌신경회로가 해마에서 만들어져 뇌의 다양한 부위의 신피질에 장기기억으로 저장된다. 크랩 단백질의 발견으로 나이가 들어도 머리는 쓸수록 발달한다는 **'뇌가소성 원리'**를 과학적으로 밝혔다.

뇌기능의 원리는 알수록 신비롭다. 그래서 읽었으면 쓰는 과정이 꼭 필요한 이유가 납득이 되었다. 책 읽고 강의를 듣는 것은 입력 과정이다. 기억은 입력, 임시저장과 출력 과정을 거쳐 장기기억으로 최종 저장된다. 읽는 행위는 시각정보로 오감을 통해 들어오는 입력 통로 중의 하나이다. 단기 기억을 잃지 않고 장기로 보내려면 출력하는 과정이 필요하다. 출력하는 작업에는 암송, 토론, 발표, 메모, 시험, 글쓰기 등이 있는데 대부분 말하고 쓰는 행위다.

메모와 글쓰기 작업은 출력하는 과정이다. 메모를 하기 전에 생각을 꺼내는 과정이 **'돌이켜 보는 것'**이다. 마치 바둑에서 복기를 하듯이. 나의 경우는 산책하면서 생각을 돌이켜 보는 것이 가장 효과적이었다. 삶에서 혹은 어제의 일에서 무엇이 중요하고 무엇이 잘못 되었는지 반추하는 과정이다. 그 생각이 정리되면 글로 쓴다. 글 쓰는 작업은 생각을 모으고 정리하는 출력 작업을 반복하기 때문에 기억에 가장 오래 남는다. 글쓰기는 가장 강력한 기억 매체이다. 글쓰기를 한 후부터는 책을 읽을 때도 목적 없이 볼 때와 느낌이 전혀 다르다. 항상 내가 쓴 글과 연결하여 맥락을 찾으려고 노력하면 글 읽는 밀도가 높아진다.

평소에 걸으면서 생각나는 것을 메모하고 브런치에서 그 메모를 풀어 글로 표현한다. 글을 세상에 내보내는 작업은 어렵고 조심스럽다. 브런치의 〈작가의 서랍〉에 두어 숙성하는 시간을 기다린다. 글은 가만 두어서는 숙성이 되지 않는다. 시간이 어느 정도 지나 산책하면서 그 글을 다시 떠올린다. 다시 머릿속에 떠올린 글이 완성도가 떨어지고 부족하게 느껴질 때 글을 수정한다. 항상 다음 두 가지 기준에서 글을 다시 평가한다.

내 감정을 진솔하게 담았는가?
읽는 사람에게 도움이 되는가?

고쳐야 할 내용을 키워드 중심으로 메모한 후 다시 책상에 앉아 수정한다. 그리고 발행 버튼을 누른다. 브런치 덕분에 책 읽는 소비자에서 글 쓰는 생산자로 바뀌었다. 입력자에서 출력자로 변했다. 책을 읽는 이유는 궁극적으로 글쓰기를 위한 작업이다. 읽기만 해서는 별로 남는 것이 없다. 전공에 관한 책들은 출판해보았지만 내 개인적인 소회를 풀어내는 에세이는 처음이다. 글쓰기 플랫폼인 브런치를 이용하면서 '세상에는 고수가 많구나'를 다시 한번 절감한다. 『강원국의 글쓰기』를 읽으면서 내가 지금 쓰면서 느끼는 고민과 경험이 같아 공감했다.

"아는 것을 표현하는 데도 욕심이 개입한다. 누군가에 잘 보이고 싶은 욕심도 장애물이다. (중략) 글을 읽는 사람은 글쓴이가 얼마나 잘 쓰는지, 얼마나 많은 것을 알고 있는지 관심 없다. 그들이 관심 갖는 것은 글에서 하는 얘기가 뭔지 그 얘기가 내게 어떤 도움이 되는지 하는 것이다. (중략) 잘 쓰려면 잘 살아야 한다. 삶이 바로 글이다."

강원국이 강조하는 지점이다. 독자로서 책을 읽으면서 많이 느낀 점이다. 글 쓰면서 놓치기 쉬운 부분이다. 글을 세상에 내보내기 전에 '독자에게 무슨 도움이 되는가' 꼭 점검한다.

만보 걷기를 시작한 후 4년이 되는 지금, 생각의 마중물인 걷기를 통하여 나의 이야기를 글로 풀어내고 있다.

자아는 이미 만들어진 것이 아니라 선택을 통해
계속 만들어 나가는 것이다.

존 듀이

25년 다닌 헬스클럽을 탈퇴한 이유

아마 1994년 즈음이다. 미국에서 귀국한 지 2년이라는 시간이 흐른 시점이었다. 당시 삼성SDS에서 선임연구원으로 근무하면서 삼성 계열사의 업무 자동화 시스템 컨설팅 업무를 했다. 생산 현장의 업무를 전산시스템으로 자동화 프로세스로 전환하는 일이었다.

수원과 부산을 오가며 <업무 프로세스 혁신>이라는 이름으로 현상을 진단하고 새로운 프로세스를 제안하는 작업은 스트레스가 많았다. 새벽같이 일어나 밤 늦게까지 일하다 퇴근하거나 지방 출장으로 지내는 날이 대부분이었다. 과부하가 걸렸다. 도대체 끝이 보이지 않는 날들이었다. 어느 날 갑자기 내가 회사의 작은 소모품일 뿐이라는 사실을 깨달았다. 당시 삼성에서는 "마누라와 자식만 빼고 다 바꿔라" 라는 회장의 신경영 슬로건 아래 전사 직원들의 고삐를 잡을 때였다. 주인의식을 가지라고 다그친다. 행복하지도 않았고 행복할 시간도 없었다.

이 길이 내가 가야할 길인가?

곰곰이 생각했다. 조직의 문화를 바꿔야 기업이 생존할수 있다는 생각에는 적극 동의한다. 주인 의식에 관한 메시지는 전혀 가슴에 와 닿지 않았다. 주인 의식은 기본적으로 자율성에서 나온다. 직원들이 주체가 되어 자율적으로 사업을 계획하고 실행할 수 있는 조직이 되어야 한다. 그게 가능한 일인가? 미국처럼 스톡옵션을 주고 실적에 따라 연말에 성과급을 차등으로 준다고 되는 일도 아니다. 오히려 부작용만 커질 뿐이다.

맞다, 주위 환경변화에 따라 조직도 바뀌어야 한다. 변화에 대한 역동적인 반응은 생명체가 가지는 생존과 번식이가능한 이유이다. 환경 변화에 따른 적응은 기업을 포함한모든 살아있는 주체들을 지속 가능하게 하는 에너지이기때문이다. 하지만 주인 의식이라는 용어를 변화에 직면한직원들에게 사용하는 것은 적합한 메시지가 아니다. 맞지 않는 표현이다.

　회사의 직원은 주인도 머슴도 아니다. 굳이 표현하면 '스튜어드십 – 집사역'이란 단어가 더 맞는 표현이다. 집사는 주인이 아닐뿐더러 머슴의 역할과도 다르다. 주인으로부터 위임받은 권리와 책임을 갖고 성실하게 자기 임무를 수행하면 된다. 회사와는 근로계약과 상호 신뢰를 바탕으로 자신이 맡은 일을 책임지고 수행할 따름이다. 그 업무성과에 따라 공정한 기준에 의거하여 평가받으면 된다. 그 결과로 회사와 개인은 성장한다. 주인의식을 고취하려는 의도는 주인이라는 면류관을 씌워주고 열정이라는 미명하에 노동력을 착취하기 위함이다. 주인이라는 이름으로 스스로를 착취하는 자발적 노예를 만든다.

　공정함에 대한 개념 자체가 없던 시절이다. 내가 기업의 톱니바퀴 일부가 아니라 주도적으로 할 수 있는 직종을 찾겠다는 생각에 이직을 생각했다. 지금 생각하니, 성공과 행복이 도대체 무엇인지도 모르면서 사업으로 성공하고 행복하게 살겠다는 욕망이 내 마음을 사로잡고 있었다. 마침 창업투자회사의 투자본부장직 제안을 받았다. 스스로 판단하고 결정하는 업무라 마음에 들었다. 일단 시간적인 여유가 생겼지만 실적에 대한 스트레스는 여전했다.

정신없이 일을 하다 보면 어느새 몸과 마음이 피폐해지는 줄도 모르고 시간이 흘렀다. 회사에서 제공하는 건강진단을 받고 나서야 몸이 망가진 것을 눈으로 확인했다. 스트레스로 찌든 몸을 다시 회복하기 위해 헬스클럽을 찾았다. 당시 집에서 가까운 양재역 근처의 헬스클럽에 등록했다. 실내수영장이 넓고 깨끗해서 자주 다녔다. 두 아이들도 이곳에서 수영을 배웠다. 아침 5시에 일어나면 바로 헬스장으로 출근하여 트레드밀에서 걷거나 수영하고 7시 30분에 직장에 도착하여 지하 식당에서 아침을 먹었다. 바쁜 시간을 틈틈이 이용하여 연회비가 아깝지 않았다. 재작년까지도 학교를 오가며 중간에 잠깐 들러 트레드밀에서 걷거나 수영과 사우나를 함께 즐겼다.

25년의 세월이 훌쩍 흘렀다. 3년 전, 걷기를 시작하면서 헬스클럽에 다니는 횟수가 차츰 줄었다. 굳이 헬스장까지 가서 땀을 흘리지 않아도 되기 때문이다. 사실 트레드밀 위에서 걸으면 다람쥐 쳇바퀴 도는 것처럼 지겹다. 무료함을 해결하기 위해 코 앞에 있는 모니터를 통해 스포츠나 뉴스를 보지만 따분함은 가시지 않는다. 다른 뾰족한 대안이 없기 때문에 이것이라도 해야 몸이 풀린다.

　우연한 기회로 걷기를 시작하면서 모든 생활습관이 달라졌다. 굳이 비싼 돈을 지불하면서 헬스클럽에 가지 않더라도 일상 가운데에서 운동할 수 있다. 매일 아침 집에서 스트레칭과 근력운동까지 하니 충분히 운동이 된다. 중강도 걷기와 아침 스트레칭 루틴을 세트로 운동하면 굳이 헬스클럽에 갈 이유가 없다. 헬스장의 트레이너와 의사들이 늘 강조하는 유산소 운동과 근력강화를 한꺼번에 해결한다. 그것도 자연을 즐기면서 한다. 다만 그냥 생각 없이 걸으면 효과가 없다. 중강도 수준으로 걸어야 한다. 스트레칭과 근력운동은 가능한 천천히 해야 효과가 있다. 푸시업도 한꺼번에 50개 혹은 100개 하려고 하지 말고 처음에는 천천히 10~20개부터 시작한다.

　또 다른 효과도 있다.
　수면시간이 일정하고 수면의 질도 좋아졌다. 한 때는 갱년기로 인해 생각이 많아지면서 잠을 잘 못 잤는데 이제는 11시경에 침대에 들어가면 아침에 6~7시경에 깬다. 일정한 시간에 자고 깬다. 만보 걷기와 아침 스트레칭이라는 세트 루틴을 통해 한 가지 더 얻은 게 있다. 내 몸을 내가 통제할 수 있다는 자신감이다. 특히 먹는 습관이다. 예전에는 빨리 먹으면서 과식을 자주 했다. 식이 요법을 하다가 어느 날 과식한 후에는 실망도 많이 했다. 특히 모임에서 맛있게 먹다가 과식하고 나면 뭔가 더부룩한 느낌이 들었다. 건강검진에서는 항상 위염과 역류성 식도염 진단이 나왔다. 과거와 달리 천천히 먹으면서 식사량이 줄어들고 몸이 가벼워졌다. 아침마다 스트레칭, 만보 걷기를 시작하면서 식사량까지 조절할 수 있다는 자신이 생겼다. 일상의 패턴과 식사습관까지 바뀌면서 속이 한층 편안했다.

공기도 좋지 않은 실내에서 다람쥐 쳇바퀴 도는 지루한 루틴을 할 필요가 없다. 야외에서 시원한 공기 속에서 예쁜 꽃과 자연을 보면서 걷는 것이 훨씬 상쾌하다. 바깥공기가 아주 나쁜 날은 거실에 스텝박스를 두고 그 위를 오르내리면 어느 순간 온몸에서 땀이 난다. 자랑만 한 것 같아 쑥스럽지만 한 가지만 더 보탠다. 도움이 될 수 있는 경험을 전해주고 싶은 마음에서이다. 선택은 읽는 이의 몫이다.

걷기를 하면서 육체의 건강뿐만 아니라 내면의 평정심까지 유지할 수 있다. 앉아서 혹은 누워서 생각하는 것은 대부분 걱정거리나 잡생각들이다. 직장에서 매일 열 시간 넘게 앉아서 근무하는 사람은 병들기가 쉽다. 책상 앞에 오래 앉아 있다고 문제가 해결되지 않고 오히려 고민이 더 쌓인다. 문제가 있으면 밖으로 나가 산책하면 해결책이 떠오른다. 마음이 혼란스럽고 평정심을 유지하기 위한 방법이 또 뭐가 있을까?

글쓰기를 통해서다. 글을 쓰면서 나의 감정을 내밀하게 들여다본다. 가끔 일이 잘 풀리지 않거나 대인관계에서 갈등이 있을 때도 쓴다. 내 감정을 글로 표현하면 그 갈등이 스스로 치유된다는 느낌이 든다. 쓰고 난 후, 내가 쓴 글을 보면서 나 자신을 객관화할 수 있기 때문이다. 내 감정에 매몰되지 않고 다소 높은 시선에서 나를 볼 수 있다. 인간만이 가지는 메타인지 능력이다.

높은 시선에서 나의 생각과 행동과 습관을 볼 수 있다. 더 넓고 다양하게 인간관계에서의 갈등을 객관적으로 볼 수 있어 많은 갈등이 사소하게 보일 수 있다. 스스로 감정의 노예 상태에서 벗어날 수 있다. 크리스천들이 골방에서 기도하고 불자가 좌선을 하는 이유도 사유의 시선을 높이기 위함이다. 마음의 평온을 얻을 수 있다. 아내와 조그만

일로 서로 감정이 상할 때, 그때 나의 느낌을 글로 쓴다. 글로 쓰려고 보면 너무도 하찮은 나의 자존심을 발견한다. 내가 쓴 글을 나중에 보면 '이런 일로 갈등을 일으키다니' 하고 어이가 없는 경우도 있다. 여하간 글을 쓰면서 감정의 찌꺼기를 다 풀어내어 버린다. 글쓰기는 평정심을 유지하는 아주 좋은 방법이다.

25년 이상을 다니던 헬스클럽에서 탈회를 했다. 실제로 헬스클럽을 오고 가는 시간까지 고려한다면 만보걷기가 전체 소요시간을 절약할 수 있다. 연회비도 계속 오르고 코로나19로 인해 자주 가지 못하기 때문에 가성비도 떨어진다. 돈이 들지 않는 만보 걷기와 아침 루틴과 같은 대안이 있어 기쁘다. 25년을 헬스장 다녀도 별 변화가 없었는데 3년 만에 작은 변화들이 연이어 일어났다.

두통을 해결하기 위해 걷기를 시작하여,
그 효과를 느끼면서 만보 걷기를 하고,
만보를 걸으면서 어지러운 생각들이 정리되고,
생각을 메모하고,
메모들이 모여,
글 쓰기로 이어지고,

다시 농밀한 책 읽기로 진전된다.

아침 스트레칭 루틴을 시도하여,
배불뚝이에서 건강한 몸 만들기로,
아침 루틴으로 수면의 질이 향상되고,
식사량 절제로 기저질환까지 예방하고,
마음의 평상심을 유지하고,
감정 조절로 가정의 평화까지,
헬스클럽에 쓸 돈까지 절약한다.

작은 습관 하나가 삶 전체를 변화시킨다. 이 변화를 혼자 간직하기 아깝다. 굳이 나처럼 심각한 두통을 겪을 필요 없이 누구나 지금 당장 할 수 있는 작은 변화의 시작이다.

일단 밖으로 나가 한걸음 떼어보자.

취미가 뭐예요?

"취미가 뭐예요?"

대학시절 미팅할 때 서로 묻곤 했던 조금은 진부한 질문이다. 뭔가 공통분모를 찾기 위한 노력은 아닐까? 동질감을 느끼면서 더 가깝게 다가가기 위한 제스처였다. 뜬금없이 축구를 좋아한다거나 혹은 복학생이 군대에서 축구를 한 얘기를 시작하면 그날은 파트너로부터 퇴짜를 받아 마땅하다. 당시만 하더라도 취미가 다양하지 못해서 음악과 영화 감상이라고 하면 뭔가 '있어 보이는' 느낌이 들어 그렇게 많이 응답했다.

다시 군 시절로 돌아가 본다, 중위 때 영외 장교 막사에서 거주했다. 숙소 뒤편에 숲이 있고 앞쪽으로는 공사현장이 있는 임시숙소는 다소 삭막한 기분이 드는 곳이다. 주로 잠만 자고 나오는 곳이라 딱히 불편한 점은 없었다. 가끔 숙소에서 저녁 회식이 열리기도 했다. 그날도 동기생의 생일이라 저녁을 함께 먹고 술과 음악으로 여흥을 즐기던 추운 겨울 밤이었다.

술도 거나하게 취하고 소변이 마려워 문을 열고 나오는데 밖은 온통 백색 천지였다. 함박눈이 펄펄 내려서 온 천지가 흰 눈으로 덮여 있었다. 장관이었다. 숨을 쉬면 입김이 눈바람 속으로 빨려 들어갔다. 화장실이 멀어 그냥 수풀 근처에서 볼일을 보는데 숙소의 스피커를 통해 음악이 들려왔다. 방에 있던 동기생이 음악을 틀어 놓았다. 차이콥스키의 <피아노 협주곡 1번>이었다. 도입부가 압권이었다. 온통 흰 눈으로 덮인 세상을 배경으로 펑펑 내리는 눈을 맞으면서 홀로 듣는 피아노 협주곡은 환상적이었다. 시간이 가는 줄도 모른 채 눈을 맞으면서 한참을 차이콥스키의 피아노곡을 감상했던 기억이 떠오른다. 음악에 문외한이었던 나에게 차이콥스키의 피아노곡과 함께 음악이 내 삶 속 깊이 들어왔다.

오래전, 영화 <피아니스트>를 감명 깊게 보았다. 전쟁 속의 유대인 학살의 참혹한 실상을 보여주고 가족과 일상이 파괴되는 모습을 보여 주었다. 차가운 겨울 밤, 주인공 슈필만이 마지막 순간이 될지도 모르는 죽음이 다가오는 시간에 독일군 장교 앞에서 쇼팽의 <발라드 1번>을 연주하는 모습에 말로 표현할 수 없는 감동을 받았다. 이 장면을 통해 음악이 나에게 깊은 위로를 줄 수 있다는 사실을 깨달았다. 쇼팽의 발라드와 야상곡은 내 삶에 안정감과 위로를 주었다. 영화음악은 일상의 단조로움에서 벗어나 인간 내면의 갈등과 위대함을 함께 표현하여 우리를 차원 높은 예술의 세계로 초대한다. 저녁에 조용히 혼자 쇼팽의 <야상곡>을 듣는다. 내 마음속 어지러이 떠도는 먼지가 조용히 가라앉는 느낌이 든다.

영화 <아웃 오브 아프리카>도 기억난다. 시드니 폴락 감독이 1985년 덴마크 출신 카렌 블릭센의 자서전 <Out of Africa>를 각색하여 만든 영화다. 영화 초반부에 아프리카 대륙의 자연 풍경을 보여주는 장면에서 모차르트의 <클라리넷 협주곡 2악장>이 흘러나온다. 영화 속 주인공 데니스 해튼(로버트 레드포드 분)의 축음기에서 흘러나오는 모차르트 음악이 아프리카의 들판 너머 카렌 브릭센(메릴 스트

립 분)의 마음에 울려 퍼진다. 영화 속, 데니스와 카렌의 운명적인 사랑과 이별의 아픔을 보면서 함께 기뻐하고 슬퍼했다. 이 순간만은 단조로운 일상은 멀리 날아가고 클라리넷 선율과 함께 나의 버킷리스트에 있는 아프리카 대초원에서 장엄한 석양을 즐길 수 있다. 현실이 힘들 때면 모차르트의 클라리넷 협주곡을 들으면서 삶의 위로를 받는다.

음악은 삶에 활력을 주고 의미를 더해 주기도 한다. 내 음악 취향은 장르를 가리지 않는 잡식성이다. 발라드, 팝, 재즈, 뮤지컬, 리듬 앤 블루스, 클래식, 크로스오버 음악 등 경계가 없다. 우리나라 성인남녀의 주된 취미는 무엇일까? 2019년 중앙일보 기사에 의하면 1위는 등산, 2위는 동률로 각각 음악 감상과 운동/헬스였다. 취미라고 하면 뭔가 남에게 내세울만한 것을 생각한다. 골프나 스키 혹은 승마처럼 아주 특별히 폼 나는 운동을 떠올린다. 아마 50대 이상의 남성에게는 당구도 포함될 것이다. 이런 취미는 돈과 시간이 많이 들어갈 뿐만 아니라 역량이 부족하면 즐기기가 어렵다. 특히 운동과 음악 연주를 즐기려면 실력을 향상하기 위해 연습하고 배우는 과정을 즐겨야 하는데 나이가 들어 시작하려면 말처럼 쉽지 않다.

취미란 삶에서 어떤 의미가 있을까? 돈을 벌기 위해 직장에서 일터에서 삶에 치여 사는 시간에서 살짝 벗어나 잠시 숨 쉴 수 있는 시간이다. 일상은 너무나 단조롭다. 어제가 오늘 같고 내일도 별로 달라질 것이 없다. 취미는 단조로운 삶에 균형을 잡고 활기를 넣어준다. 직장 일이 해야만 하는 것이라면 취미는 그것을 떠올리면 설레기도 하고 즐겁고 계속 더 잘하고 싶은 마음이 생겨나는 것이 아닐까? 취미 활동도 끊임없는 배움의 과정이 필요하다. 취미를 즐기는 수준이 높을수록 삶의 수준도 함께 더 풍성해진다.

나는 요즘 요리할 때가 즐겁다. 3개월 동안 아내가 해외에 체류하는 동안 혼자 요리를 배우고 직접 해서 먹었다. 대구에서 친구가 위문공연을 온다며 집으로 찾아왔다. 코로나19가 심각했던 시기라 집에서 직접 요리했다. 그동안 배웠던 이스라엘 요리인 <샤슈카>와 스페인의 <감바스 알 아히요>를 와인 안주로 대접하면서 즐겁게 시간을 보냈다. 친구들이 즐거워하며 잘 먹을 때 뿌듯함을 느꼈다. 나를 위해 만든 것이 아니라 남을 위해 요리할 때 더 신이 난다.

최근에는 또 다른 취미가 생겼다. 3명의 공군 장교 동기생이 모여 전국의 5일장과 함께 그 고장의 사찰과 유적지도 둘러보는 여행 프로그램이다. 아들과 딸이 베이커리와 디저트 카페를 준비하고 있어 우연히 함께 의논하고 가게를 둘러보며 의기투합하여 모임을 만들었다. 이름은 <3할배투어>로 결정했다. 지금까지 양양, 홍천, 부안, 삼척, 단양의 오일장을 포함하여 여덟 번을 다녀왔다. 오일장에서는 고장의 특산물과 식재료, 반찬거리를 산다. 아내들도 이 모임을 좋아한다.

차를 타고 1~3시간 정도 가는 길에 차 안에서 수다가 시작되면 어느새 목적지에 도착한다. 각각 전문분야가 있다. 남풍이라는 호를 가진 친구는 역사에 해박한 지식을 갖고 있다. 세바시(세상을 바꾸는 시간)에 나와도 될 수준이다. 또 다른 친구는 여행을 기획하고 일정을 짜고 현장에서 시간에 맞추어 여정을 탄력적으로 조정하는 탁월한 능력을 갖고 있다. 유적지에 도착하기 전에 유홍준 교수의 <나의 문화유산 답사기>를 불러내어 차 안에서 설명한다. 친구가 점심 메뉴로 <허영만의 백반 기행>의 맛집을 미리 소개하면 현장에서 모두 동의 하에 선택하여 점심과 저녁까지 즐긴다. 다음 여행은 신륵사, 영릉, 여주 오일장을 방문한다는 계획이 카톡방에 떴다. 여행을 시작하기도 전에 이미 여행은 시작되었다. 사찰로 가는 길에는 항상 산을 오르기 때문에 보통 만보 이상은 거뜬히 걷는다. 여행 후에는 몸과 마음이 깨끗이 씻기는 느낌이다. 세 명의 할배들이 호기심을 갖고 여행하는 설렘과 즐거움을 계속 누리고 싶다.

  기억에 떠오르는 또 다른 친구 할배가 있다. 예전에 내가 유학을 간다고 하니 친구가 서울서 내가 머물고 있는 대구 집으로 찾아와 아버지께 인사를 드리고 잠깐 머물다 갔다. 미국유학 초기 시절, 타국에서 낯설고 힘들었을 때 이 친구가 안부 편지와 함께 산 정상에서 찍은 사진을 떡하니 보냈다. 아내가 나에게 물었다.

  "어떤 친구인데 사진까지 보냈어요?"
  "인정과 의리 빼면 몸무게가 50킬로그램도 나가지 않는 인정이 넘치는 친구"라고. 이 친구가 지금은 공군장교 동기회 총무를 맡아 경조사가 있는 곳이면 전국 어느 곳이든 달려가서 봉사하고 있다. 즐길 수 있는 취미를 가지고 좋은 친구가 옆에 있다는 것은 살면서 큰 복 중의 하나이다.

  감사하다.

딸 결혼식에 떠오른 그 이름

"당신 걷는 뒷모습이 아버지와 너무 닮았어요"

아내와 함께 산책을 하던 중이었다. "그 아버지에 그 아들인데 그게 어디 가겠나요~"라고 대답했다. 집에 돌아와 아버지의 젊은 생전에 함께 찍은 빛 바랜 가족사진을 본다. 아내의 말처럼 사진 속 아버지 모습에서 내가 보였다. SG 워너비의 김진호가 불렀던 <가족사진>이라는 노래를 들으면서 눈물을 흘렸다.

어른이 되어서 현실에 던져진
나는 철이 없는 아들이 되어서
이곳저곳에서 깨지고 또 일어서다
외로운 어느 날 꺼내 본 사진 속

아빠를 닮아 있네

(중략)

나를 꽃피우기 위해 거름이

되어버렸던 그을린 그

시간들을 내가 깨끗이 모아서

당신의 웃음꽃 피우길

피우길…

아이들이 유치원 다닐 때니 약 25년 전이었나? 투병 중인 어머니는 병원에 계시고 홀로 사시는 아버지와 함께 오랜만에 식사를 했다. 식사가 끝난 후, 아내와 함께 "오늘은 저희가 계산할게요"하면서 계산대로 나가는 순간이었다. 아버지께서는 정색을 하시면서 당신이 계산을 하겠다고 나가신다. "그 월급으로 손주들 제대로 먹이고 키울 수나 있냐?"고 말하시면서 살이 빠져 옷이 헐렁해진 뒷모습을 보이면서 계산을 하고 나가셨다.

고난과 질곡의 시대를 살아오셨기에 아마도 당시 아버지의 최대 관심사는 우리 가족이 먹고 사는 문제였던 것 같다. 아들이 국내 굴지의 대기업에서 선임연구원으로 근무하지만 아버지는 안쓰러운 마음으로 아들 내외와 금쪽같은 손주들이 배고프지 않게 먹고 살아갈 수 있을까를 염려하셨다. '자기 먹을 밥그릇은 타고 난다'라는 옛 이야기는 육이오 전쟁을 통해 더 이상 유효하지 않다는 사실을 당신의 삶을 통해 아셨을 것이다.

아버지는 한 번도 나에게 사랑한다고 직접 말로 표현하지는 않으셨지만 아버지의 말씀에는 사랑의 감정이 드러나 있었음을 새삼 깨닫는다. 25년 훌쩍 넘은 세월이지만 그때의 장면이 아직도 내 눈에 선하다. 세월은 다시 돌아와 사진 속 젊었던 당신의 그 모습에서 나를 본다. 무심하게 세월은 흘러 젊었던 나의 시간도 가을로 넘어가고 있다. 이제는 내 자식들이 꽃을 피우는 봄의 시간을 맞이한다.

딸이 결혼을 하였다. 상견례를 하면서 모든 것을 간소하게 하는 것에 양가가 같은 생각이었다. 예단, 예물, 폐백, 주례 등을 모두 생략하고 예식장은 딸과 사위가 서로 상의하여 결정하고 우리는 그 결정에 무조건 동의했다. 상견례 분위기가 가볍고 즐거웠다. 그렇게 자기들끼리 결혼을 준비하면서 4개월이 흘러 결혼식이 다가왔다. 추석을 지나면서 코로나19가 더 확산되어 양가 포함하여 49명의 제한된 하객만으로 결혼식을 하게 되었다.

평소에도 작은 결혼식을 했으면 하는 바람이 있었지만 어쩔 수 없이 규모를 최소화할 수밖에 없는 상황이 되니 조금은 당황스러웠다. 초청은 하지 못하고 오히려 제발 오지 말아 달라고 당부해야 하는 상황이 벌어졌다. 단톡방을 통해 멀리서 "마음만으로 축복해주세요~"라는 공지에도 불구하고 직접 찾아온 친구들과 하객들에게 답례품으로 대신했지만 식사 대접도 할 수 없어 미안했다. 초청 명단에 없는 하객들은 동선이 차단되어 신랑 신부 얼굴도 볼 수 없는 안타까운 장면이 벌어지기도 했다.

하지만 규모를 줄이니 오히려 속이 꽉 찬 결혼식이 되었다. 하객을 초청하는 기준도 딸이 자라는 과정을 직접 보거나 인연이 있었던 친구와 친지들만 초청했다. 그렇게 하니 딸 결혼을 진심으로 축복해주고 결혼식 자리에 꼭 있어야 할 사람만 자리를 차지했다.

내 결혼식을 떠 올린다. 장인이 아내의 손을 잡고 결혼 행진곡에 맞추어 들어오면서 나에게 아내를 건네었던 장면이 또렷하게 기억난다. 아내와 함께 딸에게 미리 부탁을 했다. 아빠 손을 잡고 가지 말고 혼자 당당하게 걸어서 입장하거나 아니면 신랑과 함께 걸어가라고 했다. 딸을 사위에게 건네는 모습을 상상하면 그렇게 좋아 보이지 않았다. 서로 독립된 인격체로서 만나 혼례 의식을 하는데 '잘 부탁하는 마음으로 건네 준다'는 형식은 아무리 좋게 해석하려고 해도 어색하였다. '딸을 시집 보낸다'는 생각은 접어 두자. 상호 동등한 입장에서 결혼한다. 딸은 어여쁜 드레스를 입고 혼자서 의연하게 식장을 걸어 들어왔다. 눈이 부셨다. 갑자기 코끝이 '찡' 했다.

혼인서약과 성혼선언문을 신랑 신부가 함께 읽었다. 내가 축하의 말을 전할 차례였다. 단상에 올라가 딸과 사위를 보면서 미리 준비한 덕담을 약간은 긴장하면서 읽기 시작했다. 인사말을 하고 "사랑하는 딸 **"이라고 말하면서 딸의 얼굴을 바라보는 순간 갑자기 눈물이 핑 돌았다. 감정의 흐름을 그냥 두면 눈물이 흐를 것 같아 마음을 다시 추슬렀다.

어제 저녁에 친구가 카톡을 보냈다. 눈물을 흘리는 장면이 사진에 찍히는 불상사를 조심하라는 자신의 경험담을 보내 주었다. 오늘은 기쁘고 기쁜 날이며, 이 날의 주인공은 신랑 신부인데 내가 감정을 주체하지 못하고 눈물을 흘리면서 분위기를 망치면 안 된다. 속으로 심호흡을 하고는 덕담을 이어 나가면서 <사랑은 언제나 서툴다>는 나태주 시를 낭독하고 짧은 축사를 겨우 마쳤다. 결혼식 피날레는 두 딸이 서로 주고받으면서 멋지게 축가를 부르는 '판타스틱 듀오'로 마무리했다. 아주 즐거운 시간이었다.

결혼식과 피로연이 끝나고 딸과 사위는 자기들 집으로 나와 아내는 내 집으로 돌아왔다. 떠나는 딸을 보면서 '행복하게 잘 살아야 한다. 암, 그렇고 말고' 속으로 기도했다. 다음날 점심을 같이 하면서 결혼식 당일에 받은 축의금은 빈봉투만 남기고 알맹이는 다 주었다. 결혼식 비용과 신혼여행 경비로 쓰라고 했다. 축의금이 담겼던 빈봉투는 빚으로 내 곁에 남을지라도 나는 기꺼이 행복한 채무자가 되기로 하였다. 코로나19로 인해 맞이한 낯설었던 결혼식이었지만 나름 의미가 있었던 예식이었다.

우리도 결혼 문화를 바꿔야 할 때가 아닌가 생각한다. 신랑 신부가 누구인지도 모르고 혼주에게 눈도장을 찍으러 간 경우가 얼마나 많았던가? 심지어 결혼식장에는 들어가지도 않고(혹은 못하고) 바로 식당으로 이동하여 화면으로 결혼식을 보는 둥 마는 둥 친구들과 떠들다 오는 결혼식도 있지 않았는가? 결혼식장 밖은 북새통처럼 시끄럽고 다음에 이어질 결혼식으로 허겁지겁 끝내는 결혼식도 많았다. 나 역시 그런 경험이 많다. 진정으로 신랑 신부와 혼주를 축하해준 적이 얼마나 되었을까? 이제는 초청받은 사람들만 참석하는 결혼식을 희망한다. 그것이 자연스러운 문화로 정착하길 원한다. 더 이상 혼수, 예단, 예물, 폐백 등으로 인해 서로 갈등을 일으키는 일이 없으면 한다. 신랑 신부가 주인공이 되어 모두가 기뻐하면서 즐길 수 있는 결혼예식이 되길 희망한다.

결혼식 내내 아름답게 자란 딸의 모습을 보면서 아버지 얼굴이 떠올랐다. 평생을 자식들 배고프지 않게 먹여 살리기 위해 자식들의 인생을 꽃피우는데 거름이 되었던 아버지와 어머니. 부모님의 그 시간을 다시 돌릴 수는 없지만 내가 부모로부터 받은 그 사랑을 고스란히 너희들에게 전해주리라 다짐했다. 행복은 너희들 마음껏 누리고, 감당할 수 없는 어려움이 닥칠 때는 주저하지 말고 나에게 도움을 요청하라고 당부하고 싶다. 네 삶의 주인은 너희들이지만 고난이 올 때는 든든한 버팀목인 엄마, 아빠가 있다는 것을 잊지 않길 바란다.

죽는 순간까지 아들에게 더 잘해 주지 못해 속으로 미안해 하셨던 아버지, 딸의 결혼식을 마치면서 그 아버지 모습을 다시 떠올린다.

너무나 가까이 있어 당연한 이름
너무나 무심해 잊고 지냈던 이름
지금은 부를 수도 없는 이름
들을 때마다 눈물이 나는 그 이름
사랑이라는 말로도
전할 수 없는 그 이름
이제야 그 이름을 불러봅니다.

아버지

나는 걸을 때 명상을 할 수 있다.
걸음이 멈추게 되면 생각도 멈춘다. 나의 정신은 오직
나의 다리와 함께 움직인다.

장 자크 루소

두발로 사유하는 시간

일상의 단조로움에 지쳐 어디론가 떠나고 싶을 때가 있다. 그럴 때는 혼자 길을 나선다. 여수 앞바다에 있는 금오도 비렁길을 걸었다. 오른쪽으로 가파른 절벽 너머로 여수 푸른 바다가 펼쳐진다. 코스 몇 개를 하루 종일 걸었다. 혼자 걸으면 상대방과 걸음이나 호흡을 맞출 필요 없이 나 자신만의 리듬으로 걸을 수 있다. 아무 생각 없이 오로지 나의 숨소리, 빗방울 소리, 일렁이는 바람소리만 들리는 그 순간이 좋다. 산등성을 오르면서 거친 호흡을 내쉴 때 내 자신이 살아있음을 느낀다. 마음만으로는 살아 있음에 대한 즐거움을 느낄 수 없지만 오로지 몸을 움직이면서 그 즐거움을 느낄 수 있다. 몸이 움직이면 느슨했던 정신도 함께 깨어난다.

걷기는 혼자이어야 한다. 혼자 걷는 시간은 명상의 시간이자 고독의 시간이다. 나의 오감을 예민하게 열어본다. 숲속의 고요한 침묵 속에서 걷는다. 걷기의 침묵 속에서는 오감이 저절로 열린다. 혼자 걸으면 생을 홀로 살아가는 주체자로서 끝없는 질문이 떠오른다. 내가 지금 삶의 주인으로 생의 어디쯤 와 있는지, 또 어디로 갈 것인지에 대한 질문이다. 물론 정답은 없다. 그렇다고 누가 대신 찾아줄 수도 없고 오로지 내가 결정해야 한다. 붉게 물든 동백꽃 터널에서 내키는 대로 발걸음을 멈추고 꽃을 본다. 꽃송이채로 떨어진 동백을 보고 있으면 애잔한 느낌이 든다. 혼자 걷지만 혼자가 아니다. 꽃과 자연과 더불어 걸으면 생각도 맑아지고 마음이 평온해진다. 사람이 없는 산길의 고즈넉한 즐거움을 느낄 수 있다.

해가 기울고 어스름해지면 근처 식당을 찾는다. 낯선 곳에서 처음 가는 식당은 왠지 호기심이 발동한다. 문을 드르륵 연다. 섬마을 식당의 생경한 모습이 정겹다. 식당 입구에 있는 야외 탁자에 자리를 잡는다. 곧이어 게장과 싱싱한 활어가 풍성하게 차려진 한 상 차림을 보고 낯선 곳에서 밥도 먹기 전에 혼자 감동을 먼저 먹는다. 그렇게 넉

넉하게 먹고는 두 다리를 쭉 뻗고 앉아 저물어가는 저녁노을을 바라보고 있노라면 세상 누구도 부럽지 않다. 육체의 노곤함과 더불어 삶의 충만함을 느낀다. 낯선 마을이 주는 분위기 때문에 이방인이 된 것 같은 묘한 해방감도 맛본다. 낯선 곳을 걸으면 모든 게 새롭다. 그 낯섦이 좋다.

최근에 『움직임의 힘』이라는 책을 보다가 알게 된 <위대한 춤: 어느 사냥꾼의 이야기> 다큐멘터리 영화를 보았다. 보츠와나의 칼리하리 사막에서 랑웨인이라는 사냥꾼이 섭씨 50도의 뙤약볕에서 영양을 쫓아 몇 시간을 쉬지 않고 달린다. 그는 달리기 우승 메달을 위해 달리는 것이 아니라 먹잇감을 위해 달리고 있다. 원시 그대로의 삶을 살고 있는 이 부족은 사냥을 위해 바람과 비까지 읽을 수 있는 종족이다. 사냥꾼은 몇 시간을 쫓아간 후 지쳐 있는 영양의 가슴을 향해 창을 꽂는다. 영양은 쓰러지고 현장에서 바로 살점을 도려내어 어깨에 이고 부족에게 돌아간다. 기다리던 사람들은 사냥감을 보고 환호를 하고 불을 피우고 함께 춤을 춘다.

나의 원시 조상을 본 듯하였다. 내 안에도 저 유전자가 있으리라. 자신과 부족의 생존을 위해 집요하게 영양을 추적하는 모습을 보면서 인간이 걷고 달리는 것이 생존을 위한 중요한 방편이었다는 것을 느낀다. 그렇게 인간의 유전자 속에 깊이 각인되어 이어오고 있던 생존을 위한 원초적인 활동인 걷기와 달리기가 이제는 취미활동이 되었다. 호모 사피엔스는 20만 년 동안 직립 보행한 진화의 역사가 있다. 최근 100년도 안 된 세월을 거치면서 더 이상 걸을 필요가 없어졌다. 자동차 문화의 대중화로 걷지 않고도 시간과 공간을 확장하면서 먼 길을 이동할 수 있다. 오늘날 회사로 출근하기 위해 걸어가는 사람은 드물다.

운동부족과 과잉섭취로 인해 만병의 근원인 비만과 당뇨 환자가 급격히 증가하고 있다. 대사증후군이라는 질병의 고통을 당할 수 밖에 없다. 걸으면 정신은 긴장에서 벗어나 휴식의 시간을 가진다. 평소에 쌓였던 타인에 대한 원망과 불만도 함께 사라지고 연민의 정이 마음속에서 솟아오른다. 그 연민의 마음은 궁극적으로 나를 향하고 나 자신을 사랑하게 만든다. 부정적인 생각보다 긍정의 에너지를 얻는다. 신기한 현상이다. 숲길을 걸으면서 숨을 가다듬고 온 몸의 감각을 자연을 향해 열어 놓는다. 발걸음을 허공에 내딛을 때마다 중력을 거스르는 힘과 심장이 뛰는 소리를 마치 자연과 함께 호흡하는 것처럼 느낄 수 있다.

지금 코로나19로 인해 여행을 떠나기는 언감생심이다. 동네 뒷산이나 탄천변을 혼자 걷는다. 걸으면서 생각하면 생각의 흐름이 자유롭다. 자연이 나와 하나가 되어 자연의 기운이 내 몸 속으로 들어오는 느낌이다. 스치고 지나가는 꽃과 풀 향기, 맨땅의 기운이 발을 타고 내 속으로 스며든다. 아스팔트 길에서는 느낄 수 없는 기운이다. 발은 균형을 맞추기 위해 몸과 함께 리듬을 타고 걷는다. 몸은 리듬을 타면서 걷고 머리에서는 새로운 생각들이 솟아오른다. 니체는 『즐거운 학문』에서 "사색을 열어주는 고독한 산이나 바닷가에서 생각하고, 걷고, 산을 오르고, 춤추는 것이 우리의 습관이다"라고 걷기와 사유를 강조했다.

겨울의 차가운 바람을 온 몸으로 맞으면서 걸으면 정신이 번쩍 든다. 걷다 보면 어느 순간 몸이 후끈해지면서 이마에 땀이 맺힌다. 안단테와 알레그로 리듬으로 번갈아 걸으면 삶의 속도를 함께 느낄 수 있다. 걸으면 삶에서 긍정의 힘을 얻는다.

걸으면서 사유하고, 사유하면서 걷는다.

스마트하게 나를 구속하는 스마트폰

아뿔싸!

핸드폰을 두고 나왔다.

강의시간에 쫓겨 돌아갈 수도 없는 상황이다. 일단 포기하고 운전을 계속한다. 조금 가다가 갑자기 강의에 필요한 자료가 생각났다. 전자 교탁에 설치하는 시간이 걸리기 때문에 미리 준비하면 시간을 절약할 수 있다. 학과 실습 조교에게 세팅을 부탁하기 위해 전화기를 찾는다.

아차!

전화기를 놓고 왔지. 할 수 없다. 포기하고 운전을 계속한다. 청담대교를 건너 강북강변도로에 접어들면 굽이쳐 흐르는 한강의 모습을 한 눈에 볼 수 있다. 운전할 때의 핫 스팟이다. 아기자기한 맛은 없고 걸어 다니면서 즐길 수 있는 스케일은 아니어도 굽이쳐 흐르는 한강은 볼수록 웅장하고 멋이 있다. 이런저런 생각 끝에 어제 산책길에서 즐겨 들은 <팬텀 싱어>에서 히트한 "사랑에 관한 책"이라는 노래가 떠올랐다. 아주 독특한 음률과 음색의 노래다. 우승팀의 해석이 이태리 원곡보다 더 좋다. 강북강변에 차도 막히는데 한번 들어 볼까 하는 순간, 핸드폰이 없다는 사실을 다시 확인한다. 연결이 끊겼다. 세상의 모든 네트워크와 단절되었다는 느낌이다. 이 순간 무인도에 있는 듯하다. 지난 겨울, 한라산에서 핸드폰이 먹통이 되면서 새로 산 스마트폰이다.

지난 겨울, 혼자서 한라산을 올랐다. 아내와 함께 제주로 가서 애월에서 2주일 지내다 아내는 친구들과 약속이 있어 먼저 집으로 갔다. 나 혼자 표선으로 숙소를 옮겨 열흘을 더 보냈다. 아내와 걸었던 사려니 숲길이 좋아 며칠 만에 다시 걸었다. 숲길은 걷기만 해도 몸이 치유가 되는 것을 느낀다. 다음 날부터 폭설이 이틀간 계속 내렸다. 내가 묵은 숙소는 한적한 시골에 있는 곳으로 일층은 북카페이고 이층에 숙소가 2개 있었다. 아무데도 나가지 못하고 2층 숙소에 고립되어 있었다. 현관문조차 열 수 없을 정도로 눈이 많이 왔다. 창 밖으로 보는 경치는 그야말로 환상의 백색 세상이다. 혼자 책도 보고 음악도 듣고 오랜만에 낮잠도 자면서 고립을 즐겼다. 부엌 창을 통해 보는 폭설이 내리는 표선면 마을은 평온 그 자체였다.

사흘이 지나니 조금 지겨워졌다. 네째 날은 날씨가 풀려서 한라산 산행 준비를 했다. 등산로 입구를 향해 차를 타고 가다가 한라산 길이 폐쇄되었다는 뉴스가 나왔다. 그리고 나흘이 더 지나서 등산로가 개방되어 겨우 산행을 할 수 있었다. 폭설이 내린 뒤라 가장 짧은 영실코스를 택했다. 산 아래는 날씨가 좋아 발목을 감싸는 등산용 스패츠도 착용하지 않고 아이젠만 등산화에 끼우고 올라간다. 조금씩 올라가는데 하늘에서 빗방울을 뿌린다. 바람까지 분다. 산행하는 사람이 별로 없다. 오히려 호젓하니 더 좋다. 오랜만에 혼자서 산행하니 느낌이 새롭다. 산 중턱 이상을 올라간 것 같은데 비바람이 더욱 거세진다. 폭설로 내린 눈에 발이 무릎까지 쑥 빠지는 곳도 있다.

'욱~!'

혼자서 잠시 '끄응' 거리면서 다리를 뺀다. 주위에 아무도 없다. 살짝 겁이 난다. 만약 조난이라도 당하면...? 비바람이 거세니 바지가 젖어 아랫도리까지 차갑다. 판초도 없다. 어떡할까? 그냥 여기서 내려갈까? 내가 지금 무슨 부귀영화를 누리겠다고 이 추운 겨울에 이 짓을? 속으로 묻는다. '아니야, 이왕 여기까지 왔는데 고지가 바로 저기인데', 마음을 다잡고 계속 올라간다. 바람이 더 세진다. 몸이 휘청거릴 정도다. 이제 아랫도리가 다 젖어 바지가 몸에 척 달라붙고 팬티까지 한기가 치올라 온다. 고지가 바로 저긴데, 마침 내려오는 사람이 있다.

"저기 윗세 오름까지 비바람이 어떠냐?"고 물었다. 본인도 올라가다가 결국 포기하고 내려오는 중이라고 한다. 어떡하나? 대학시절 한라산을 늦은 시간에 올라가 초저녁 무렵에 하산하면서 길을 헤매어 한참을 고생한 기억이 났다. 혼자서 사고라도 나면, 목숨 걸 일이 아닌 것 같다. 깔끔하게 포기했다. 마침 휴식 장소가 있어 거기서 기념사진이나 찍고 내려 가려고 비바람이 몰아치는데도 불구하고 기록을 남긴다는 일념으로 동영상까지 찍은 다음 다시 급하게 내려왔다. 등산로 입구 매점에 들어가 우선 허기부터 해결했다.

추운 비바람에 언 몸을 녹이며 허겁지겁 해장국을 먹으면서 아까 찍은 사진과 동영상을 보기 위해 핸드폰을 열었다. 갑자기 먹통이다. 이럴 때는 재부팅하면 된다. 첫 화면이 다시 나온다.

역 쉬~! 그러나 사진 폴더를 여는 순간 화면 색상이 깨지면서 다시 깜깜해진다. 이럴 경우에 아이폰은 완전한 셧다운이 필요하다는 것을 경험으로 안다. 강제로 셧다운 시켰다. 다시 전원을 켜니 이제는 완전히 먹통이 되었다. 추위에 떨었던 한기는 어디 가고 갑자기 목덜미가 후끈하다. 여러 번 시도했지만 켜지지 않았다.

일단 숙소로 돌아가기 위해 차를 탔다. 숙소를 가려면 네비게이션에 행선지를 찍어야 하는데 핸드폰이 먹통이니 사용할 수가 없다. 숙소도 바로 며칠 전에 옮겨서 이름도 낯선 표선면에 있다. 내 차에도 네비게이션이 있지? 하고는 네비를 작동한다. 오래전에 차를 사면서 영업사원으로부터 작동법을 배웠지만 지금껏 한 번도 사용한 적이 없다. 입력 방법도 원시적이라 영원히 사용하지 않을 기기라 내팽개쳤다. 주소를 몰라 숙소 근처 표선면사무소를 검색하려고 'ㅍ'을 찾는다 화면에서 'ㄱ, ㄴ, ㄷ'을 일일이 다이얼로 돌려가면서 찾아 엔터키를 눌러서 'ㅍ'을 입력한다. 모음은 별도의 화면으로 넘어가야 한다. 시작하자마자 열불이 난다. '십팔색깔 크레파스'가 저절로 나온다. 겨우 목적지를 입력하고 엔터를 치는 순간 뭐가 잘못되었는지 검색어가 홀라당 날아갔다. 다시 원 위치로 돌아왔다.

얼마나 시간이 흘렀을까? 겨우 작동이 되는 순간, 등줄기가 축축한 것을 느낀다. 다행이다. 나의 현재 위치를 알았고 내가 가야 할 방향을 알았다. 내가 안 것이 아니었다. GPS(Global Positioning System)가 알려 주었다. 디지털 기기가 나의 삶 속으로 들어와 나의 인식을 확장하여 주었다. 정확하게 얘기하면 인식을 확장시킨 것이 아니라 길을 찾기 위한 지도 그리는 능력을 나에게서 빼앗아 갔다. 아무튼 네비를 따라 숙소를 향해 느긋하게 가기만 하면 된다. 도로 표지판을 보면서 한참을 운전하니 그제야 표선면 안내판이 보인다.

낯이 익은 표선생활체육관이 보인다. 다시 얼마를 갔을까? 겨우 숙소에 도착하니 휴일이라 아무도 없다. 어젯밤 옆 숙소에 여선생님들이 단체 모임으로 와서 떠들썩했는데 지금은 조용하다. 떠났나 보다. 다음 날 숙소 북카페를 운영하는 주인에게 물어보니 핸드폰을 수리하려면 제주시로 나가야 한단다. 갈수록 첩첩산중이다. 서울로 미리 올라 간 아내와 통화하기 위해 핸드폰을 빌렸다. 그나마 유일하게 기억하는 전화번호다. 그마저 기억을 못 했으면 세상과 완전한 단절이다. 통화음이 울린다. 이틀 만에 바깥세상과 처음으로 연결되었다. 사정을 얘기하고 친구들과 여행 잘 다녀오라고 하고 전화를 끊고 나니 갑자기 한숨이 나온다. 함박눈이 내리는 제주 표선면 2층 숙소에서 눈에 덮인 마을 풍경을 본다.

내가 지금 여기서 뭘 하고 있지? 숙소에 올라가 점심을 먹으려고 부엌 싱크대를 보았다. 그저께 먹고 남았던 떡만두국이 불어 터져 있다. 더 한심스럽다. 그래도 어쩌랴? 내가 자발적으로 선택한 일인데. 팔을 걷어 부치고 설거지를 한 후 가볍게 라면으로 점심을 때운다. 이제 핸드폰을 고치러 제주시까지 가야 한다. 마침 함께 가져간 갤럭시 패드를 사용하여 미리 제주시 서비스센터까지의 경로를 스크린샷으로 저장하고, 머리에도 입력한 후 제주시로 출발했다. 이번에는 제대로 서비스센터에 도착해서 핸드폰을 확인했다.

핸드폰에 물이 들어가서 작동이 멈추었다. 어제 한라산에서 기록하겠다는 일념으로 비바람을 맞으면서 사진을 찍다가 빗물이 들어간 것이다. 방수가 되지 않는 모델이라고 한다. 새로 나온 신상품은 방수까지 된다고 수리기사가 은근히 사라고 꼬신다. 새로 사던가 아니면 리퍼비시를 받아야 한다. 거금을 투자하여 새로 구입했다. 스마트폰이 새로 개통되는 순간 세상과 다시 연결된 느낌이었다. 이 요물 기기가 내 신체 일부가 되었다. 내 몸에 하나 더 생긴 감각 기관이며 뇌기능의 일부도 담당하고 있다. 문제가 또 생겼다. 동기화 작업을 하지 않아 메모장에 적어 놓은 수많은 사이트의 아이디와 비밀번호는 차치하더라도 모든 연락처가 사라졌다. 아내의 핸드폰 번호 외에는 기억나는 전화번호가 없다. 황당하다.

그동안 나의 뇌는 자기 할 일을 스마트폰이 대신함으로써 스마트하게 뇌기능을 약화시키고 있었다. 스마트폰 뿐만 아니다. 지구촌 곳곳의 친구와 연결하여 서로 교류하고 공감할 수 있다고 시작한 소셜 네트워크 서비스(SNS)의 대표주자인 페이스북과 유튜브를 보라. 친구로 연결하기보다 오히려 보고 싶어하는 세상 만을 보고 믿게 하는 필터버블로 인해 '역시 내 말이 맞다'는 확증편향만 가속되고 있다. 정치적으로는 편가르기를 통해 가짜뉴스를 전파하는 데 탁월한 역할을 하고 있다. 유튜브를 포함한 소셜미디어가 정치적, 사회적으로 갈등과 극단의 시대를 만들어내고 있다. 개인의 편향된 신념은 과잉으로 넘쳐나 극단적인 주장을 하는 사람이 갈수록 늘어난다. 왜 그럴까?

소셜미디어가 인간의 악한 본성에 휘발유를 퍼부었다는 느낌이 든다. 예를 들어 집단에서 볼 수 있는 편가르기 현상을 보자. 오프라인에서는 전달 속도와 확장 범위에 한계가 있지만 온라인에서 빠르고 효과적으로 전파가 가능하다. 한 쪽으로만 과잉으로 소통하고 나와 다른 생각을 가진 의견은 아예 들으려고 하지 않는다. 거기에다 '좋아요'라는 보상까지 주면 슬롯머신에서 잭팟을 터트렸을 때와 같은 도파민이 분비되어 쾌감을 얻게 되니 중독으로 이어진다. 갈수록 더 세게, 더 과격한 주장을 함으로써 같은 편으로부터 '좋아요' 라는 마약에 깊이 중독이 될 수밖에 없는 구조다.

현대 기술혁명이 가져온 발전은 오히려 인간을 자연과 이웃으로부터 소외시키고 심지어 자신과도 소외를 시킨다. 해결책은 있을까? 뉴욕타임스 컬럼니스트 미셀 골드버그는

"지금은 서로가 소통을 줄이는 방법을 택해야 한다"라고 강조한다. 거대한 탐욕의 상징이 되어버린 소셜미디어는 편협하고 왜곡된 소통의 도구로 사용되어 오히려 합리적이고 인간적인 소통을 어렵게 한다는 역설을 담고 있다.

한라산에서의 생각의 고리를 끊고 다시 강북강변으로 돌아왔다. 혹시 급한 전화는 오지 않았는지 궁금하기도 하고 약간 불안해진다. 내가 그동안 얼마나 스마트한 전화에 의존하며 살았는지. 내가 스마트폰 없이 할 수 있는 일이 많지 않다는 것을 새삼 느꼈다. 핸드폰은 갈수록 진화하는데 나의 뇌 기능은 점점 퇴화하고 있으니 아이러니하다.

예전에는 스마트폰 없이 어떻게 살았을까? 핸드폰을 집에 두고 출근한 날, 집에 돌아와서 급하게 스마트폰을 확인했다. 전화 한 통 없이 광고성 문자만 잔뜩 남아있었다.

막내 재롱이와의 산책

두 딸이 사춘기에 들어서면서 서로 다투곤 했다. 강아지를 키우면 딸들이 서로 사랑하는 법과 조건없이 사랑을 주는 법도 배우고 둘 사이의 갈등이 잦아들기를 바라며 인터넷을 통해 강아지를 입양했다. 작은 푸들이고 이름은 '재롱'이다. 2005년에 집에 왔으니 이제 나이가 17살이다. 강아지 나이로는 할배 뻘이다. 처음 데려오니 고양이처럼 앞발로 먼저 의사를 표현한다. 아내는 재롱이가 태어난 곳에서 재롱이 부모와 형제 둘과 고양이 한 쌍과 함께 살다가 3개월 되던 때 우리 집에 왔다고 한다. 우선 대소변 훈련부터 시켰다. 소변은 정해 놓은 패드 위에서 보는데 대변은 이곳 저곳에서 싼다.

그래도 그게 어디냐 하고 감지덕지했다. 오줌을 눌 때 항상 리추얼이 있다. 오줌을 눌 주위를 정확히 세 바퀴를 뱅글뱅글 돈다. 탑돌이를 한다. 무엇을 빌고 있는거지? 중앙을 향해 정 조준한다. 아무리 급해도 이 루틴을 지킨다. 백프로 명중률! 사람처럼 소변기에 파리같은 그림이 필요 없다. 나이가 들어도 이 루틴은 꼭 지킨다.

예전에는 강아지를 애완견이라 했고 아직도 방송에서 가끔 애완견이라는 용어를 사용한다. 내가 필요할 때 좋아하고 심심할 때 같이 놀아주는 정도로 인식하는 순간 강아지는 소비하는 장난감이 되고 만다. 반려견은 '애완견'이라는 용어의 쓰임새와 느낌이 다르다. 반려견이라는 단어 자체가 처음에는 다소 낯설었다. 강아지는 우리 인간에게 여러 혜택을 주는 생명체임을 존중하고 함께 더불어 살아가는 동반자라는 의미일 것이다. 아이들을 위해 입양했지만 지금은 한 가족이 되었다.

개와 고양이를 포함한 동물도 함께 살아가는 생명이 있는 존재라는 것을 잊고 살 때가 많다. 동물도 인간과 다르지 않는 소중한 생명체로 존중해야 한다는 생각은 호주의 철학자 피터 싱어로부터 비롯되었다. 1975년 그의 저서인

『동물해방』이 세상에 알려지면서 당시 여성해방에 이어 서구사회에 반향을 일으켰다. 피터 싱어는 한 개체가 다른 종에 속해 있다는 이유만으로 차별하고 학대하는 것은 편견이라고 보았다. 흑인의 피부색이 검다고, 여성이라는 이유만으로 차별하는 것이 부도덕하고 정당화될 수 없다는 사실과 같은 논리이다. 그는 이를 '종(種)차별'이라 부른다. 인간은 자신이 다른 동물에 비해 존엄하거나 가치가 있다고 판단한다. 하지만 동물의 입장에서 바라보자.

동물은 자신이 살기 위해 필요할 때만 다른 동물을 죽이지만 인간은 자신의 몸을 아름답게 치장하고 미각을 충족시키기 위해 다른 동물을 죽인다. 심지어 인간은 탐욕과 권력을 위해 같은 종족인 인간도 살해한다. 인간 이외에 어떤 동물도 이런 만행을 저지르지 않는다. 그러고도 인간이 다른 종보다 우월하다고 얘기할 수 있을까?

류시화 시인이 엮은 시집, "지금 알고 있는 걸 그때도 알았더라면"이 생각난다. 그때는 반려견을 왜 인격적으로 사랑해야 하는지 몰랐던 것이다. 가끔 재롱이가 귀여워 쓰다듬어주면 처음에는 가만히 있다가 과하게 쓰다듬으면 싫어한다. 계속 귀엽다고 만지면 어느 순간 조금씩 불편한 기색을 나타낸다. 결국 입 주위가 씰룩거리며 올라간다. 성을 낼 태세이다. 대 놓고 싫다고 한다. 처음에는 기분이 상했다. 너를 좋아서 만져주는데 주인도 몰라보는 '문제견'이라 생각했다. 도대체 왜 그럴까?

텔레비전 프로그램을 보다가 알게 된 반려행동 전문가인 강형욱씨가 쓴 『당신은 개를 키우면 안 된다』를 읽었다. 나와 똑 같은 상황에 대한 진단이 나온다. 강형욱은 "그런 당신은 개를 키울 자격이 없다"고 단호하게 말한다. 그 상황에서 입장을 바꿔 "누군가 나를 좋아한다고 내가 싫은데 계속 만지면 나는 기분이 좋을까?"라고 묻는다. 결코 아니다. 난 강아지를 키울 기본이 안되었다. 재롱이도 사람과 같이 섬세한 감정을 갖고 있다. 그걸 몰랐다. 훈련시킨다고 "이리 와! 앉아!" 명령에 따른 복종만 강요했다. 결국 반려견에게 문제가 있는 것이 아니라 나에게 문제가 있었다. 반려견이 당신의 말을 무시하고 있는 것으로 보인다면 이 책을 반드시 읽어야 한다고 강조하는 또 다른 사람이 있다.

『당신은 반려견과 대화하고 있나요?』의 저자 김윤정이다. 그녀는 국내에서 유일하게 '국제 인증 반려동물 전문가'로 행동심리에 기반하여 반려견이 스스로 행동을 선택하고 변화할 수 있도록 가르치고 있다. "반려견은 군대의 훈련 캠프에 들어온 것이 아니다. 여러분과 함께 사는 가족이다. 반려견이 나와 무언가를 함께 하기를 바란다면, 굳은 얼굴과 딱딱한 목소리로 명령하지 말고 작고 명랑한 목소리로 요청하는 것이 효과적이다."라고 조언한다.

반려견은 서열이 높은 사람의 말을 따르는 것이 아니라, 자신과 정서적으로 가장 가까운 사람, 즉 함께 있는 것이 즐겁고 행복한 사람의 말에 집중한다. 그녀의 합리적인 충고에 내 가슴이 뜨끔해진다. 3개월 된 아기 강아지 재롱이가 우리 집에 오면서 새로운 가족과 환경에 적응하느라 애쓰는데, 나 편하려고 훈련만 시키려 했다. 우리 아이들에게 하는 것처럼 따뜻하게 대하지 못한 것도 못내 아쉽다. 앞에 앉혀 놓고 다짜고짜 훈련한다고 명령조로 말하는 사람을 좋아하는 아이들은 없다. 반려견도 마찬가지였다.

내가 퇴근할 때 현관에 들어서면 제일 먼저 반기는 녀석이 재롱이다. 아마 하루 종일 기다렸을게다. 나름 서열을 만들어 행동한다. 우리 집 둘째 딸이 오면 잽싸게 현관으로 가지 않는다. 딸이 너무 귀여워서 '오냐 오냐'하고 다 받아주니까 자기 아래 서열이라고 생각한다. 귀엽다. 내가 산책을 좋아하니 매일 함께 나간다. 재롱이는 세상을 탐색한다. 친구를 만나면 조심스레 접근하면서 상대의 반응을 본다. 공격적이면 바로 뒷걸음친다. 화단에 있는 동네 친구들이 남긴 흔적을 냄새 맡는다. 후각을 통해 세상과 소통한다. 『당신은 반려견과 대화하고 있나요?』에 의하면 "사람은 후각 수용체가 약 500만 개이지만, 개는 대략 3억 개이기 때문에 냄새만으로 잠재적 암환자와 암에 걸렸는지 여부까지도 찾아낼 수 있다."고 강조한다. 주위 세계를 탐색하며 산책을 즐긴다. 내가 시간이 없어 빨리 걸음을 재촉하더라도 아직 탐색할 세계가 남아 있으면 호기심을 포기하지 않는다. 산책길에 옆 동네 아파트와 경계에 쉼터가 있는데, 그 곳은 온 동네 강아지가 모이는 '만남의 광장'이 되었다. 원래는 주민이 쉬라고 만들어 놓은 공간이었다.

거기서 재롱이는 다시 화분 벽에 싸 놓고 간 친구들의 흔적을 다 확인한다. 누가 나왔으며 언제 놀다 갔는지 확인한다. 개 코가 항상 촉촉한 이유도 냄새 입자를 잘 잡아서 더 잘 맡기 위해서다. 개의 건강은 코의 상태를 보면 쉽게 확인할 수 있다. 냄새를 맡고는 자기도 왔다 갔다는 흔적을 꼭 남긴다. 여러 곳에 너무 자주 남기려고 어떤 경우는 다리를 들었는데 오줌이 나오지 않아 순간 자기도 머쓱

해 한다. 어색할 때는 항상 몸과 머리를 흔든다. 산책길에 다른 개와 만나면 천천히 상대의 엉덩이 방향으로 가서 냄새를 맡는다. 처음에는 '왜 꼭 항문에다 코를 들이 댈까' 의아했다.

『당신은 반려견과 대화하고 있나요?』를 보니 개의 엉덩이 항문선에서 나는 냄새로 상대의 나이와 성별과 같은 개인정보를 파악한다고 한다. 우리가 서로 처음 만나 얼굴을 보고 나이와 성별을 파악하듯이, 개들은 후각을 통해 인식한다. 사람도 처음 만나면 악수를 하면서 적의가 없음을 상대에게 전하는 행동을 한다. 강아지도 같은 이유로 엉덩이 쪽으로 접근하면서 서로 탐색하면서 호의를 표시한다. 그럴 때는 줄을 끌어 당기지 않고 가만히 놔둔다. 산책길에 재롱이의 세상 탐색이 길어지면 나와 잠깐 신경전을 벌인다. 시간이 없는데 오래 맡고 있으면 내가 살짝 끈을 당긴다. 재롱이는 일단 버틴다. 내 눈치를 보다가 나의 의지가 강하다 싶으면 포기하고는 쫄래쫄래 나를 따라온다. 너무 귀엽다.

가끔 주방에 몰래 들어와 매트에 오줌을 싸서 영역 표시를 한다. 내가 뒤늦게 발견하고 목소리를 키워 갑자기 분위기가 어색하다 싶으면 가짜 재채기를 한다. 재채기가 나오지 않는데도 불구하고 일부러 상황을 바꾸려고 헛재채기를 한다. 이토록 섬세한 감정을 가진 생명과 함께 살아가는데 어찌 반려견이 아니겠는가?

사실 고백할 것이 있다. 재롱이가 최근까지도 가끔 영역 표시를 한다고 안방과 화장실 매트 위에 오줌을 흠뻑 싼다. 그럴 때 벌칙으로 케이지에 가두어 문을 닫고는 오랫동안 열어주지 않았다. 나오려고 하면 완력으로 막고 문을 매몰차게 닫아 걸었다. 훈련을 시키기 위해서라고. 슬픈 표정을 짓다가 어느 순간 포기하였는지 문을 열어 주어도 나오지 않는다. 만일 우리 아이가 오줌 쌌다고 방에 가두지 않는데 왜 그랬을까? 다른 방법은 없었을까? 종에 대한 차별, 동물을 대하는 나의 태도에 편견이 있었다.

Puppy License라는 게 있다. 생후 4개월에서 6개월 된 어린 강아지는 무슨 실수를 하던 혼내지 않고 사회화 훈련을 하자는 의미다. 갓난아이가 실수를 저질렀을 때 야단치지 않는 것과 같은 뜻이다. 유럽이나 미국에서는 어릴 때부터 할아버지와 할머니 그리고 부모가 반려견을 얼마나 사랑하는지를 눈으로 보면서 자란다.

우리는 그럴 기회가 없었다. 우리 어르신들은 개는 바깥에서 묶어 키워야 하고, 집 지키고 사람이 먹고 남은 밥을 처리하는 짐승일 뿐, 사람과 함께 생활할 수 없다고 생각했다. 나 역시 어린 시절에 그렇게 알고 자랐다. 저녁에 으슥한 공터에서 진짜 개 패듯이 패는 장면을 보고 놀라면서 컸다. 그렇게 해야 살코기가 부드럽다고 하는 것은 나중에 들었다. 한때 개고기를 보신탕이라고 한여름에 가끔씩 먹기도 했다.

재롱이도 올해 17살이 되면서 활동량이 급격히 줄어들었다. 잠을 많이 잔다. 나이에 비해 어려 보이고 건강하고 병도 없었는데 세월은 어쩔 수 없나 보다. 가끔은 얼마나 더 살 수 있을까 걱정이 된다. 벌써 이별을 생각해야 하니 눈물이 난다. 최근에는 백내장이 갑자기 악화되어 잘 보지 못한다. 어느 날 산책하다가 우수관 뚜껑을 보면 평소에는 훌쩍 잘도 뛰었는데 갑자기 홀에 다리가 빠졌다.

어느 날, 내가 외출하고 집에 돌아왔는데 집에 아무도 없었다. 입구에 있는 옷방에서 재롱이가 낑낑대는 소리가 들린다. 문을 열고 보니 옷장 사이에서 방향을 잃고 빠져나오지 못하고 있었다. 얼른 안고 거실로 나오는데 눈물이 핑 돈다. 혼자서 얼마나 겁이 나고 불안했을까?

아! 이젠 아무것도 볼 수 없구나. 병원에 가도 지금으로서는 치료할 수 있는 게 없다고 한다. 얼마 전 아내가 네덜란드에 딸과 함께 갔다가 3개월만에 귀국했다. 아내가 집에 들어오면서 제일 먼저 재롱이를 찾았다. 마침 자고 있어 깨워서 안았는데 누군지 알아보지 못했다. 냄새로도 분별을 못했다. 아내가 재롱이를 안고 눈물을 흘렸다. 그 모습을 보는 나도 함께 울었다.

지금은 동네 산책도 못하지만 아파트에 있는 작은 쉼터에서 조금씩 걷는다. 그나마 냄새를 맡으면서 조심스레 돌아 다니지만 가끔 화단 경계석에 부딪칠 때면 내 마음이 아프다. 사람도 늙고 병들면 똑같지 않을까? 내 몸 거동을 못하는 순간, 인간으로서 존엄성을 상실한다. 대소변을 누군가의 도움으로 해결하고 밥도 혼자 먹지 못하는 순간은 끔찍하다.

매일 걷고 운동해서 마지막 그 날까지 최소한 인간의 존엄성은 지키다 가고 싶다. 가능할까? 오늘도 운동하는 이유이기도 하다. 아내가 재롱이를 데리고 서재에 들어오면

서 "재롱이가 우리에게 바라는 것은 오직 한 가지뿐"이라
고 한다. "그게 뭐지?" 궁금해서 묻는다.

"그저 사랑받는 것…" 이라고 아내가 답한다.
맞다.
키워보니 온 몸으로 공감한다.

사람도 그러하지 않을까?

세계 공통 무언의 언어

　친구 부부와 함께 저녁 식사를 했다. 그날따라 부부가 앞에서 계속 말씨름을 한다. 지난번에도 들었던 얘기 같다. 다시 반복하면서 서로 얼굴을 붉힌다. 누가 잘못했는지 서로 따지면서 감정싸움을 한다. 그 아내는 옛날 섭섭했던 얘기를 시리즈로 끄집어낸다. 친구는 아내의 얘기를 전혀 듣지 않는다. 같은 공간에서 두 사람이 각자 하고 싶은 얘기만 쏟아낼 뿐이다. 서로 상대방의 말을 듣지 않는다. 무한 반복되는 레코드판을 듣는 것 같다. 중간에 말릴 수도 없다. 괜히 개입했다가 한 쪽으로부터 평생 원수가 될 판이었다.

　남의 얘기가 아니었다. 나 역시 아내가 가끔 "자기 말을 듣지 않고 그냥 흘려 보낸다"라고 지적한다. 왜 듣지 않을까? 생각했다. 아마 과거의 경험으로 이미 머릿속에서 판단했기 때문이다. '또 그 얘기 혹은 이미 다 아는 스토리'라고 생각하면서 듣지 않는다.

친구와의 관계도 마찬가지다. 만나고 난 후 돌아서면 유독 피곤한 친구가 있다. 왜 그럴까? 소통이 되지 않았기 때문이다. 혼자만 일방적으로 얘기하고 상대방의 말을 귀 기울여 듣지 않아 서로 공감을 못하기 때문이다. 상대의 말을 귀담아듣지 않으면 모든 소리는 소음으로 인식한다. 부부와 친구 사이뿐만 아니라 사회적 관계에서도 갈등은 갈수록 심각해지고 있다. 청년과 장년, 남자와 여자, 부자와 가난한 자, 사회적 소외계층에서 오는 갈등을 해소하지 못하고 있다. 그 갈등을 해소할 정치권과 언론이 오히려 더 부추기고 증폭시킨다.

2009년, 심리학자 로라 쟈 누식의 연구에 의하면 일상의 소통 가운데 약 20퍼센트는 말하고 25퍼센트는 듣는 것이라고 한다. 나머지는 인터넷, 메일링, 전화 등이 있다. 아마 최근에 조사하면 소셜네트워크서비스(SNS)가 상위에 오르지 않을까? 편리한 소통의 수단인 SNS 활동이 오히려 사람들을 더 우울하게 만들고 사회적 소외감을 야기한다고 한다. 특히 중독성을 일으키도록 설계된 SNS로 말미암아 끊임없이 쏟아지는 편향된 뉴스와 가짜뉴스로 사회적 갈등만 증폭시킨다.

우리가 사회적 관계 속에서나 SNS 활동을 통해 듣는 시간은 많은데 그 내용이 질적으로는 가장 떨어진다. 어떻게 들어야 하는지 배운 적이 없다. 귀를 통해 들린다고 다 듣는 것은 아니다. 관심을 갖고 들으려는 마음이 있고 집중하는 순간 제대로 들을 수 있고 상호 소통이 된다. 귀로 듣는 것이 아니라 마음이 작동하고 상대에 집중함으로써 상호 에너지를 교감할 수 있다. 세상의 많은 갈등은 남의 얘기를 듣지 않고 자기 생각만 고집하기 때문이다. 잘 듣기 위해서는 일단 들으려는 의지가 필요할 뿐만 아니라 습관을 들여야 한다. 연습과 훈련이 필요하다.

소통의 기술을 몸으로 배운 기억이 떠오른다. 오래전, 우연한 기회에 (사)한국파렛트컨테이너협회로부터 국제 물류 표준화에 관한 자문을 요청 받았다. 국제표준화를 다루는 국제기구인 ISO의 물류기술분야에서 한국을 대표하여 전문가 자격으로 국제회의에 참가하여 자국 기업의 이익을 대변하는 일이었다. 잠깐 보충 설명을 할 필요가 있다.

물류에서 가장 기본이 되는 용기가 '파렛트와 컨테이너'이다. 물류는 문자 그대로 흐름이 중요하기 때문에 빠르고 정확하고 경제적으로 상품과 원자재를 싣고 필요한 곳으로 물동량이 흘러야 한다. 아마존과 쿠팡과 같이 물류를 성장 동력으로 기업을 발전시킨 사례가 많다. 이제 물류는 기업 경쟁력의 원천이고 신성장 동력산업이자 국가 기간산업이다. 물류는 인체의 혈액 흐름과 유사하다. 혈액이 중간에 잘 흐르지 않고 막히는 순간 동맥경화가 일어나면서 생명까지 위협받게 된다. 산업에서도 물류의 막힘으로 인해 물동량이 정체되면 소비자와 생산자는 제시간에 상품을 주고받을 수 없어 막대한 피해를 입게 된다. 그 흐름을 도와주는 물류용기가 바로 파렛트와 플라스틱 컨테이너이다. 파렛트는 물류와 유통센터에서 가장 많이 볼 수 있는 물류기기이다.

대형마트에 채소나 과일을 사러 가면 다양한 형상의 플라스틱 박스를 신선식품 진열대에서도 볼 수 있다. 이 물류용기가 혈액의 적혈구 역할을 한다. 혈액의 주요 성분인 적혈구는 폐에서 산소를 신체 조직으로 운반 및 공급하고 그 과정에서 노폐물인 이산화탄소를 다시 폐로 보내 제거한다. 적혈구가 산소를 운반하듯이 산업계에서는 파렛트와 플라스틱 컨테이너가 상품을 운반하고 사용된 용기들은 다시 회수하여 세척한 후에 재사용한다. 그런데 이 파렛트가 국가별로 크기와 형식이 모두 다르기 때문에 수출입 시에 포장작업을 다시 해야 하는 등 효율성이 떨어져 물류비용이 추가로 든다. 이런 이유로 국제표준화가 필요하다. 매년 한 두번씩 국제표준화 회의가 열리는데 주로 유럽과 미국에서 개최되며 가끔 한국과 일본에서도 열린다.

2002년, 나는 민간 전문가 자격으로 미국 플로리다 올랜도에서 개최된 국제표준화 워킹그룹과 총회에 참석하였다. 관련 문건을 검토하고 물류기기인 파렛트 표준을 제안하고 각 국의 전문가들이 한자리에 모여 서로 의견을 조율하면서 국제표준안을 개발하는 회의였다. 국가별로 물류산업의 인프라와 사용하는 물류용기의 크기, 성능 및 시험방법이 서로 다르기 때문에 회의 안건 별로 기술적으로 서로 의견이 첨예하게 대립되어 도중에 난관에 부딪치는 경우가 허다하다.

각국 대표는 자국 물류산업의 이익을 대변하면서 의견을

조정하지만 표준 합의안을 도출하는 것은 결코 쉬운 일이 아니다. 회의시간은 아침 9시부터 오후 5시까지이지만 6시를 훌쩍 넘기는 경우도 잦다. 워킹그룹 회의는 안건에 따라 3~4일 연속으로 진행되고 마지막 4~5일째에 총회를 한다. 자국 산업의 이익을 위해 서로가 힘겨루기를 한다. 빡빡한 일정이고 치열한 논쟁이 일어날 때도 많다.

일반 학술회의와는 전혀 다른 분위기다. 총회에서는 그동안 워킹그룹에서 회의한 결과 중에 중요한 의사결정 사항을 투표에 부쳐 통과시키고 회의를 마무리한다. 유엔에서 하는 회의 형식과 동일하다. 첫날, 호텔에서 시차 적응을 하지 못해 한밤중에 잠이 깨 밤을 새웠다. 아침 일찍 회의장에 가니 미국 버지니아공대 교수인 화이트 박사가 워킹그룹 의장을 맡아 회의를 준비하고 있었다. 외국에서 온 참가자를 위해 가능한 천천히 말하면서 회의를 진행하는 그의 모습이 인상적이었다. 일상적인 대화는 다소 빨리 하는 것으로 보아, 영어를 모국어로 하지 않는 외국 참가자를 위한 배려였다.

새로 참여한 국가의 전문가가 전후 맥락을 잘 모르면서 엉뚱한 질문을 하는 경우도 종종 있다. 예전에 합의한 내용에 다시 이의를 달고 질문하여도 의장은 중간에 말을 자르지 않고 끝까지 경청하는 모습을 보고 감명을 받았다. 차분하게 다 들은 후에는 상대의 말을 요약해서 설명하고는 본인이 정확하게 이해했는지 되묻는다. 질문자는 그 요약한 내용을 흔쾌히 인정하거나 혹은 일부 수정하기도 했다. 이런 과정을 거치면서 질문자도 자신의 의견을 다시 정리할 수 있고 의장은 질문을 요약하면서 질의자의 의도와 맥락을 제대로 이해했는지 확인할 수 있다. 또한 듣거나 질문할 때는 항상 상대방의 눈을 보면서 대화한다. 이런 대화법은 순발력, 이해력, 통찰력, 인내력을 필요로 하기 때문에 많은 연습과 훈련을 거쳐야 한다.

이런 경우도 있었다. 지금까지 몇 년에 걸쳐 합의한 사항을 원점으로 되돌리고 새로운 제안을 한다. 의장은 일단 끝까지 듣는다. 공감하고 있다는 것을 표현한다. 계속 상대방이 자기 주장만 하면 차분하게 역으로 제안한다. "그 생각을 정리하여 공식적인 절차를 밟아 제안하길 바란다."라고 정리한다. 그러면 그 논쟁은 끝이 난다. 새로운 표준화를 제안하는 것은 상당한 수준의 표준개발 능력이 필요하고 그냥 말로는 힘들기 때문이다. 의장으로서 영어가 서투른 외국인을 대상으로 부드럽게 회의 진행하는 것을 보고 많이 배웠다.

호감을 주는 소통 방법이다. 나중에 사적인 기회가 있어 "그때 어떻게 그 터무니없는 질문을 다 들을 수 있었느냐?" 라고 물었다. "체코 대표는 그 이야기를 하려고 체코에서 미국까지 왔다고 생각하면 들어줘야 한다."라고 대답한다. 상대방의 입장을 생각하고 배려하는 마음이다. "그러면 피곤하지 않냐?"고 내가 물었다. 자기는 출장을 오면 운동하면서 몸 컨디션을 유지한다고 한다. 수영을 좋아하기 때문에 보통 한시간을 쉬지 않고 하고 나면 몸이 회복된다고 했다.

그렇구나. 육체에 힘이 생겨야 정신도 함께 날이 선다. 표정이 밝을 수밖에 없다. 한 수 배웠다. 그 날 당장 올랜도 시내에 나가 러닝 팬츠를 구입하여 호텔 피트니스 센터의 트레드밀에서 땀을 흘렸다. 다음 날부터 잠도 잘 오고 시차까지 극복했다. 맑은 정신으로 회의에 참여할 수 있었다. 사실 우리는 상대가 말할 때 듣는 척은 하지만 머리 속에는 내가 다음에 할 말을 생각하는 경우가 많다. 특히 문제 해결형의 남편인 "화성에서 온 남자"와 감성 지향형의 아내 "금성에서 온 여자"는 소통이 어렵다. 상대방의 말을 듣지 않고 내 주장만 설득하려고 든다. 결국 화해를 위한 대화는 오히려 갈등으로 치닫는다.

또 하나.

의장은 회의 때나 혹은 회의 밖에서 누군가와 대화할 때 항상 이름을 불러 가면서 얘기한다. 회의를 하다가 '재이'라고 부르면서 가끔 나에게 질문한다. 상호 토론 과정에도 중간에 꼭 그 사람의 이름을 부르면서 질문한다. 내 이름 '재균'의 앞 글자 '재'라는 발음을 영어 이름 중에 'Jay'라는 것이 있어 영어 호칭으로 부른다. 이름을 부르면 나를 인정한다는 느낌이 들어 기분이 좋다. 회의 중에 다른 참가자한테도 이름을 외웠다가 얘기 중에 상대방에게 강조할 부분이 있으면 이름을 부르면서 얘기한다. 회의를 부드럽게 진행하고 있음을 느낀다.

한 수 이상을 배웠다. 마침 2003년에 연구년을 받아서 어디로 갈까? 하고 망설이던 차였다. 회의가 끝날 즈음, 화이트 박사에게 나를 버지니아공대에 방문교수로 초청해 줄 수 있는지 물었다. 흔쾌히 수락해 주었다. 그 다음 봄학기부터 버지니아공대 연구소에 방문교수로 1년간 체류하면서 함께 연구를 이어갔다. 2007년 샌프란시스코 회의가 끝날 즈음 저녁 식사자리에서 자신은 종신교수직을 받은 대학에서 은퇴하고 컨설팅 회사를 설립하려고 한다고 했다. 자신이 맡아왔던 ISO 국제표준화기구의 기술위원회 51(물류용 파렛트)의 워킹그룹 의장을 내가 맡았으면 한다고 제안했다. 물론 기쁜 마음으로 수락하였다.

그 분으로부터 배운 '소통을 위한 경청'을 하면서 지난 13년간 워킹그룹 회의를 주재하였다. 올해부터는 한 단계 상위 조직이며 미국, 영국, 프랑스, 독일, 중국, 일본 등 20개 회원국이 참여하는 총회를 주관하는 의장으로 지명 받아 앞으로 5년간 의장 역할을 수행하게 되었다. 총회와 워킹그룹 회의에서 경청하는 태도와 요약하는 대화법을 사용하면서 위원회를 성공적으로 이끌어 가고 싶다. 앞으로 대학에서 은퇴한 후에도 계속 현역으로 봉사할 수 있는 기회가 생겨 기쁘다.

일상의 삶 속에서도 남의 얘기를 경청하는 대화법을 사용하고 싶다. 아내의 잔소리까지도 아이유의 <잔소리>라는 노래를 듣듯이 귀를 쫑긋 세워 들을 수는 없을까?

뭐 해먹고 살지?

또 한 학기가 마무리되어 간다. 그동안 쌓아둔 과제물을 채점하고 기말고사를 치르면서 종강을 앞두고 있다.

대학에 있으면 시작과 끝이 더 자주 있어 시간의 흐름을 다르게 느낀다. 기업체나 공공기관에서는 연간 계획을 수립하고 11월 말 즈음이 되면 사업 결산하고 12월에 차기 연도 사업계획을 수립하면서 마무리한다. 물론 월별, 분기별로 계획 대비 실적을 평가하지만 공식적으로는 '시작과 끝'이 일 년에 딱 한 번이다. 대학은 그 기간을 네 번 거친다. 1학기와 2학기로 구분하고 중간에 쉼의 시간인 방학도 두 번 주어진다. 기업에서는 '어느덧 1년이 훌쩍 지났지만, 학교에서는 벌써 한 학기를 마치는구나'라고 느끼기에 시간 흐름에 대한 감각이 조금은 다르다. 사실 네 차례의 '시작과 끝'을 반복적으로 경험하기에 일년을 돌이켜보면 상대적으로 시간의 속도를 길게 느낀다. 마감이 매일 돌아오는 기자가 느끼는 시간의 흐름은 어떨까?

이번 학기도 코로나19로 인해 이론 강의는 비대면으로 이루어졌기 때문에 학생들 얼굴을 제대로 보지 못했다. 모니터로 보는 것과 같은 공간에서 얼굴을 마주 보면서 만나는 것은 너무 다르다. 한 학기를 마무리하는 과정에서 과제 채점을 하면서 그나마 학생들의 생각을 읽을 수 있는 시간을 가졌다.

이번 학기에는 산업공학에서 공학도에게 경제성을 가르치는 과목인 〈경제성공학〉이라는 수업을 진행했다. 공학도가 아무리 우수한 기능의 기술을 가진 제품이나 서비스를 개발하여도 경제성에 대한 판단을 할 수 없다면 그 기술과 서비스는 무용지물이 될 수 있다. 공학도에도 필요하지만 자본주의를 살아가는 일반인도 투자와 소비를 할 때 금리와 환율, 주식과 채권 수익률과의 관계를 알아야 한다. 더구나 실생활에서 전세를 월세로 전환할 때의 수익률 차이, 혹은 장사를 시작할 때 매출 계획과 손익분기분석 등과 같이 경제적 사고방식에 대한 훈련은 현실 생활에서 꼭 필요하다. 철학과 학생들만 철학을 들어야 하는 것이 아니듯이 경제도 경제학과 학생만이 들을 이유가 없다. 철학과 경제는 학과를 떠나 누구나 배워야 할 소양이다.

돈이 가지고 있는 기본적인 속성인 구매력과 수익력뿐만 아니라 현금흐름의 시간적 가치에 따라 수익률을 계산하고 사업성을 분석 및 평가하는 능력을 키우는 것이 목적이다. 결국 산업현장에서 일어나는 대안을 평가하고 선택할 때 경제적인 관점에서 판단하기 위해 돈의 가치로 평가하는 사고 훈련이다. 선택에는 항상 기회비용이 따르기 때문에 눈에 보이지 않는 비용까지 고려해야 한다. 이렇게 경제적으로 사고하는 방법은 산업공학뿐만 아니라 모든 사람에게 필요한 지식이고 삶의 방식이다.

최근에 밀린 과제물을 채점하였다.

과제물 주제 중의 하나가 '왜 배우는가? 그리고 어떻게 배울 것인가?'라는 스스로에게 질문을 던지면서 자신의 생각을 정리하는 것이었다. 학생으로서 자신을 한 번쯤 돌아보면서 왜 공부하는지, 어떻게 배울 것인지 생각하는 시간을 가지게 하는 것이 과제의 목적이었다.

채점을 하면서 어느 학생이 솔직하게 쓴 문장이 눈에 들어온다. "학점을 따기 위해 그리고 남들이 하니까"라는 글부터 시작한다. 그리고는 자신이 살아온 과정을 얘기하면서 "짧은 인생이기에 최대한 많은 경험을 하기 위해 배우고 (중략) 삶에 대한 열정을 다시 품을 수 있는 과제이다"라고 깜찍하고 진중한 생각을 담은 글도 있다. 그 가운데 내 눈에 확 들어오는 다른 학생의 글이 있다.

"친구들과 만나면 자주 하는 대화가 '뭐 해 먹고 살지?'라는 주제"라고 하였다. 그렇구나, 나는 그 시절에 생각하지 못했던 고민을 요즘 학생들은 일찍 철이 들어 고민하고 있다. 복학생이라 그런지 생각이 진지하다.

채점을 하다가 문득 예전 학창 시절의 내가 떠올랐다. 나 역시 아무 생각 없이 남들이 가니까 대학에 갔고 남들 따라 공부했다. 왜 공부를 해야 하는지 그리고 어떻게 공부해야 할지 그 누구도 선배도 교수도 알려주는 이가 없었다. 이미 다른 글에도 썼지만 대학을 졸업하고 군대를 마치면서 현실의 코앞에 닥쳐서 고민했다.

당시 나 스스로 고민했던 질문이 "뭐 해 먹고 살지?"였다. 이 학생이 던진 질문과 똑같았다. 이 질문에서 시작하여 삶의 변화가 시작되었다고 해도 과언이 아니다.

그렇다. 결국은 배운다는 것은 질문을 하기 위한 과정이고 훈련이다. 아직도 교실에서는 예전과 다름없이 질문하는 학생들이 드물다. 나는 학생들에게 무조건 외우지 말고 읽고 쓰고 토론하는 과제를 자주 연습하게 한다. 이론 강의를 짧게 하고는 Zoom을 이용하여 소그룹 모임을 만들어 조별로 토론하는 시간을 갖게 한다. 잠깐씩 소그룹에 들어가면 학생들끼리는 활발하게 얘기하고 토론한다. 교수가 없으니 오히려 더 활기차고 주도적으로 학습한다. 어느 정도 시간이 지나면 토론한 결과를 조별로 발표한다.

학생들이 아직 다른 사람이 있는 자리에서의 발표는 서툴다. 파워포인트를 사용하지 못하게 하고 키워드를 적어 발표하게 하니 조금은 힘들어한다. 파워포인트를 쓰면 그 내용을 그대로 읽는 경우가 많아 본인이 이해하지 않고 그 내용도 제대로 전달되지 않는다. 발표에 대한 실패가 두렵기 때문에 파워포인트에 의존하게 된다. 요즈음 기업에서도 발표할 때 파워포인트를 사용하지 못하게 하는 회사가 많다. 화려한 그래픽을 만드느라 시간만 허비하고 정작 내용은 이해하지 못하고 오히려 소통에 방해가 된다. 자신의 생각을 정리하고 중요한 줄거리를 그림으로 그려 머리에 떠올리는 훈련을 하면 발표를 잘할 수 있다. 뿐만 아니라 자신의 생각도 효과적으로 전달하고 공감을 받을 수 있다.

다시 원래의 질문으로 돌아간다.

"뭐 해 먹고 살지?"

배움은 결국 이 학생이 던진 질문을 하기 위한 것이 아닐까? 이 질문은 자신이 삶의 주인으로 살아가려는 의지이고 그 첫걸음이다. 학생의 질문에 박수를 보낸다.

사실 교수는 '왜 그리고 어떻게 배울 것인가'라는 기본적인 문제의식을 학생들에게 전달할 수만 있다면 그 역할을 다했다고 생각한다. 그 다음은 학생들 몫이다. 학생들이 왜 배우는지를 알게 된다면 '어떻게는' 스스로 터득할 수 있다. 누가 강요해서 하는 것이 아니라 스스로 자율적으로 학습하기 때문에 지적 능력을 지속적으로 발전할 기회를 만들 수 있다. 이 질문이 꼭 학습에만 적용되는 것은 아닐 것이다.

인생을 살아가는 과정에도 이런 질문을 던질 필요가 있다. '왜 사는가, 어떻게 살아갈 것인가'라는 질문으로 시작하여 사고의 지평선을 확장할 수 있다. 자신의 삶을 주체적으로 살아갈 수 있는 시작점이 될 것이다. 결국은 '왜?'라는 질문이 내 삶의 주인으로 살아가는 길을 찾아 주는 열쇠가 아닐까?

뭐 해 먹고 살지?
왜 배우는가?
무엇을 위해 살아갈 것인가?
어떻게 살아갈 것인가?

우리가 살면서 놓치지 말아야 질문이다.

PART 3
배우며 살며 사랑하는 시간

만난 사람 모두에게서 무언가를 배울 수 있는 사람이

세상에서 제일 현명하다.

<탈무드>

마들렌 - 잃어버린 향기를 찾아서

집안에 레몬 향기가 가득했다. 부엌으로 가니 딸이 레몬 껍질을 강판에 간다. 레몬껍질을 갈아 제스트라 불리는 성긴 가루로 만든다.

"뭘 해?"
"마들렌 만들려고요" 대답한다.

딸은 거의 2년을 제과 클래스를 다녔다. 남들이 부러워하는 직장을 관두고 자기가 하고 싶은 파티시에가 되겠다고 전문 아카데미를 수료했다. 지금 그 곳에서 배운 것을 집에서 실습하는 중이었다. 옆에서 가만히 지켜보았다. 껍질을 간 레몬으로는 즙을 만든다. 집안에 온통 레몬 냄새다.

오랜만에 맡는 상큼한 냄새다. 달걀, 설탕, 베이킹파우더, 밀가루, 우유, 버터를 넣고 레몬향을 더해 가운데가 볼록 튀어나온 가리비 조개과 레몬 모양이다. 예쁘게도 생겼다.

가장자리 부분은 옅은 갈색이고 중간에는 노란 레몬색으로 살짝 솟아나 있다. 겉은 설탕시럽을 씌웠는지 매끈하면서 얼음조각처럼 약간은 불투명하다. 조금 시간이 지난 후 상큼한 레몬향을 맡으며 마들렌을 맛보았다. 눈을 살짝 감고 한입 베어 먹었다.

겉은 바삭한데 속은 촉촉하고 부드러웠으며 마지막 느낌은 달콤했다. 상큼한 레몬향이 온몸으로 퍼졌다. 이런 맛과 향기는 처음 경험한다. 새로운 세상을 처음 경험한 느낌이었다. 어릴 적, 한여름에 작은 통에 들고 다니면서 파는 아이스케이크라고 부르는 얼음 과자를 처음 맛보았을 때 느꼈던 것처럼 전혀 새로운 세상을 맛본 느낌이었다. "아이~스 께끼~!" 외침과 함께 아직도 내 기억 속에 남아있다. 그것은 신세계였다. 첫 경험은 언제나 강렬하게 기억 속에 새겨진다.

지금껏 제과점에서 만든 마들렌을 많이 먹었지만 이같이

독특한 식감과 향기를 느낄 수 없었다. 손으로 만들고 금방 구워서 일까? 사랑하는 딸이 만들어서 일까? 어쨌든 향과 식감이 전혀 다르다. 고급한 느낌이다. 딸 덕분에 잃어버린 향기도 찾을 수 있겠다.

몇 년 전, 나는 독감을 심하게 앓고 난 후부터 후각기능이 떨어졌다. 처음에는 즐기던 커피 향기도 맡을 수가 없었다. 향기를 맡을 수 없으니 커피뿐만 아니라 모든 음식의 맛을 즐길 수가 없었다. 지금은 나아지기는 했지만 예전 같지는 않다. 향은 음식 맛에만 영향을 미치는 것이 아니었다. 지나간 기억과 함께 추억의 감정까지도 불러낸다. 후각이 기억을 불러내는 것을 '프루스트 현상'이라고 한다. 프랑스 작가 마르셀 프루스트의 소설 『잃어버린 시간을 찾아서』에서 유래했다. 이 작품에서 주인공 마르셀이 홍차에 적신 마들렌의 냄새를 맡으면서 불현듯 어린 시절을 회상하는 장면이 나온다. 마들렌 향기를 맡으면서 오랜 기억을 되살린다.

나에게도 식감과 음식 향에 대한 특별한 경험이 있다. 일본 도쿄를 방문했을 때 초청 기업의 회장이 직접 안내한 150년 역사를 가진 어묵을 파는 오마카세 가게를 갔다. 도쿄 특급호텔에 있는 요릿집이었다. 가게 입구부터 150년 전통을 자랑하듯 예사롭지 않게 생긴 정문을 지나서 단정하게 꾸민 전형적인 일본 정원을 거치며 가게로 들어간다. 도쿄의 고급 식문화를 물씬 느낄 수 있었다.

마음 속으로는 '어묵요리가 별거 있겠나' 싶으면서 가게 안 대형 원탁 자리에 앉았다. 요리사는 가운데 있으면서 직접 어묵요리를 해서 테이블 위로 금방 튀기고 삶은 어묵을 올렸다. 처음 입에 넣어 씹으면서 느낀, 바싹거리는 식감과 함께 삼킬 때의 오묘한 향은 지금도 잊을 수 없다. 어묵에 이런 맛이? 그 식감과 향기는 지금도 생생하게 기억난다. 사카이 회장은 한국 역사에 대해서도 해박하여 식사 후 긴자에 있는 칵테일바로 자리를 옮겨 술을 마시면서 한국과 일본 역사를 얘기하면서 일본의 과오를 스스럼없이 얘기하곤 했다. 나와는 약 20년 차이 나는 연배였지만 한국에서 온 손님에 대한 예우가 정중했다. 지금도 한국에서 어묵을 먹을 때면 지금은 고인이 된 회장과 그 장소를 기억에 떠올리면서 흐뭇한 추억에 잠긴다.

음식에 대한 경험은 후각과 미각을 통해 온 몸으로 느낀다. 기억은 뇌의 장기기억에 남는다. 그 음식을 먹을 때마다 해마에 저장된 장기기억을 불러낸다. 독일의 보흠 루르 대학에서 후각을 지각하는 뇌피질이 기억중추인 해마의 정보 축적과 관련이 있다는 것을 과학적으로 증명했다. 후각과 기억과의 관계를 확인한 것이다. 시각이나 청각을 통한 기억은 주로 단기 기억이라면 후각을 통한 기억은 장기기억이다. 또한 후각은 추억이 주는 감정적 느낌을 훨씬 더 잘 전달한다고 한다.

『잃어버린 시간을 찾아서』의 주인공처럼 마들렌 향기를 통해 불러 낼 기억은 나에게는 없다. 그런 강렬하고 오래된 경험이 없기 때문이다. 다만 딸이 만든 레몬 글레이즈 마들렌 덕분에 이제는 세월이 흐르면 소환할 기억과 추억이 생겼다. 집에서 연습으로 만든 마들렌과 마치 금괴처럼 생긴 휘낭시에를 아내와 함께 시식하고 평가하면서 맛과 향기를 즐겼다. 딸이 결혼 전에 경제적으로 독립하는 과정은 가족 모두가 마들렌, 휘낭시에와 각종 디저트 향과 맛을 함께 한 순간들이다. 학교라는 안정된 직장에서 나온 딸은 이제 경쟁이 치열한 디저트 카페 시장에 뛰어든다. 딸은 어렵게 가게를 구했다. 이제 본격적으로 준비하여 디저트 케이크 가게를 오픈할 예정이다.

아내와 딸은 인테리어를 어떻게 꾸며야 하는지 의견이 분분하다. 우리 사회는 아직 디저트 케이크에 대한 문화가 일천하다. 중장년 세대는 식사 후 커피 마시는 정도의 문화는 있지만 디저트 케이크까지 넘어가지 않는다. 하지만 젊은 세대의 문화는 다르다.

요즘 젊은이는 식사 후, 커피와 함께 디저트를 함께 즐긴다. 영국과 홍콩에서는 <애프터눈 티>라고 불리는 식문화가 있다. 느지막한 오후 즈음, 나른해진 몸과 마음을 다시 깨우기 위해 커피나 홍차와 함께 쿠키를 찾는 카페 문화가 우리나라에도 들어왔다. 강남의 유명 제과점을 가면 청춘들이 웬만한 식당의 음식값보다 비싼 쿠키나 케이크를 즐기려고 줄을 서서 기다린다. 젊은이를 중심으로 카페 문화가 진화하고 있다.

딸은 사업자등록을 내면서 상호도 결정했다. 프랑스 이름이라 조금 낯설기는 하지만 내가 먹은 마들렌과 휘낭시에 중에 최고의 맛과 향기가 있으니 문전성시를 이루지 않겠는가? 내가 오히려 기대에 부풀어있다.

먹는 장사는 맛이 최우선이다.

최상의 재료에 최고의 맛을 지향한다. 그러니 잘 되지 않을까? 아니 잘 될 수밖에 없다. 청춘이 새로 시작하는 사업에 마음 속 깊이 응원한다.

사위 사랑은 장인

겨우 세제를 찾아 세탁기를 돌리고 난 후였다.

세탁물을 빼내어 건조기로 옮겨 넣었다. 벌써 30년은 족히 넘은 건조기이긴 하지만 내가 한 번도 사용한 적이 없었다. 아내로부터 한 번 사용법을 교육받고 처음으로 세탁물을 넣고 시작버튼을 눌렀다. 오래된 기계라 시동을 거는 소리도 탱크 구르는 것처럼 요란했다. 하지만 잘 돌아가는 것 같아 안심했다. 이제는 식기 세척기를 사용할 시간이다. 그동안 쌓였던 식기들을 차곡차곡 세척기에 넣고는 세제를 찾았다.

두가지 종류의 세제가 있기에 세탁기에 쓰던 세제와 다른 것을 식기세척기에 넣고 문을 닫고는 전원을 켰다. 서서히 조용히 돌아가는 소리를 들을 수 있어 왠지 뭔가를 했다는 뿌듯한 기분이 들어 좋았다.

큰애가 네덜란드 대학에 연구원으로 초청받아 가면서 아내도 함께 따라갔다. 낯선 나라에서 처음 정착하는데 도움을 주겠다는데 말릴 수도 없지 않은가? 그렇게 출국한 지 열흘이 지나는 즈음, 그동안 먹은 식기와 세탁물이 쌓이면서 직접 식기세척기와 세탁기를 돌려야 했다. 뭔가를 평생에 처음 사용한다는 것은 낯설고 불안한 일이다. 식기 세척기는 건조까지 말끔하게 끝이 났다. 근데 의류 건조기는 약 2시간이 지나도 계속 돌아가고 있었다.

'원래 이렇게 시간이 오래 걸리나…?'
4시간이 지나도 계속 돌아가기에 강제로 전원을 끄고 세탁물을 끄집어냈는데 물기가 그대로 있었다. 아니 그렇게 오랜 시간을 돌렸는데도 그대로라고?

이건 뭔가 골동품이 된 기계에 문제가 있는 거라 확신했다. 네덜란드 시간에 맞춰 카톡으로 물어본 후, 옷감 종류별로 다이얼 세팅하는 법을 배웠다. 이제 다시 자신감을 갖고 양말과 속옷을 건조기에 넣고 돌렸다. 또다시 한참이 지나도 계속 돌아간다.

'이건 뭐지?'

건조기가 워낙 오래되어 이제 '맛이 갔구나'라고 생각하면서 속옷을 꺼내어 그냥 베란다 건조대에서 자연 건조를 하기로 했다. 그때 아내에게서 카톡이 왔다.

"혹시 가스밸브를 열었어요~?"
"……"
'헐~ 그렇지'

전기가 아니라 가스를 사용하는 건조기라 가스밸브를 열어야 한다는 사실을 까맣게 잊어버렸던 것이다. 열도 없이 4시간을 내부 건조통만 열 일을 한 것이다. 마르지 않으니 건조기는 마냥 돌아갈 수밖에 없었고, 그것도 몰랐던 나는 건조기 수명 탓만 하고 앉았으니 한심하다. 나이가 들수록 처음으로 마주치는 것은 늘 서툴다.

그럼에도 불구하고 두어 차례 시행착오를 겪은 지금은 세탁기, 건조기, 식기세척기 모두 날렵하게 사용할 수 있어 기쁘다. 사소한 일상의 일이지만 내가 스스로 통제할 수 있다는 느낌이 든다. 누군가에 의지하지 않고 언제든 혼자도 할 수 있다는 근거 있는 자신감이다. 요리 또한 연습은 많이 했지만 실제로 혼자서 하는 것은 처음이었다.

며칠 전, 둘째 딸이 사위와 함께 홀로 있는 나를 위해 주말 저녁에 찾아왔다. 아내가 카톡으로 남기고 간 레시피 중에 가장 쉬운 '가지볶음'을 하기로 했다. 사위가 도와준다고 하면서 본인은 순두부찌개를 맛있게 조리하겠다고 자신있게 말한다. 대파를 써는 동작이 예사롭지가 않다. 군대에서 한동안 취사병을 하고 결혼하기 전에도 독립해서 살았기 때문에 요리를 많이 해 보았다고 했다.

'음, 그것 참 반가운 소식이군'

사실 딸은 요리보다는 케이크와 과자에 더 관심을 갖고 있던 터라 서로 조화가 잘 맞겠다고 칭찬을 하면서 함께 요리를 했다. 3명이 부엌에 있으니 복잡하지만 마음만은 푸근했다.

난 가지볶음, 딸과 사위는 순두부찌게, 두 개의 작품을 열심히 만들어 식탁에 앉았다. 이런 좋은 날에는 술이 없으면 곤란하지 싶어 사위가 술은 잘 못하지만 와인을 한 잔씩 따르고 축배를 들었다. 이제 숟가락을 막 드는데 딸이 "잠깐만요~!"라고 한다.

"응~? 뭐가 더 필요하니?"
"아뇨 인증샷을 찍어 네덜란드에 보내야지요"
"그렇군"
"내 생애 처음으로 딸과 사위와 함께 합작한 작품인데 기록을 남겨야지"

곧이어 네덜란드에서 하트가 마구 날라 왔다.
연달아 "감자조림, 된장찌개, 수육 등" 레시피도 함께 날아왔다. 쉬운 요리를 먼저 해보니 뭔가 자신감이 생겼다. 든든한 요리사인 사위도 있으니 부족한 것이 없다. 더구나 매 주말에 와서 저녁을 하겠다는 기특한 소식을 전하고 갔다. 짧은 저녁 시간에 소박한 식사였지만 행복한 시간이었다.

사위 사랑은 장모라고 했지만 오늘은 요리 잘하는 장모를 대신해 장인인 내가 요리는 초보이지만 마음으로는 더 잘 해주고 싶었다. 요리 초짜인 나와 프로급인 사위가 정성을 다해 요리를 만들어 딸과 함께 즐거운 저녁 시간을 보냈다.

사실 처음에 아내가 큰딸과 함께 유럽에 가겠다고 했을 때 조금은 걱정이 앞서긴 했지만 그렇게 망설이지 않고 오케이를 했다. 결혼 후, 두 번째로 길게 떨어져 있겠지만 '홀로서기'를 할 수 있는 좋은 기회라고 생각했다. 요리 학원에서 백날 배워도 남에게 보여 주기 위한 것과 홀로서기를 위해 요리하는 것과는 천양지차였다. 밥하고, 청소하고, 식기 닦고, 세탁기를 돌리고, 보리차를 끓이면서 일상의 집안일이 단조롭지만 얼마나 힘든 일인지도 알게 되었다. 이렇게 평범하지만 누군가 하지 않으면 안 되는 일을 아내가 그동안 해왔다고 생각하니 고마운 마음이 저절로 들었다.

"떨어져 있어야 그 소중함을 알게 된다"는 말이 진리란 사실을 다시 느낀다.

반려견 '재롱이'는 내가 집에 있으면 늘 졸졸 따라다닌다. 말 그대로 함께 사는 평생의 동반자다. 먹이를 주고 소변을 치우고 방에서 같이 있고 자는 과정에서 친밀감이 더 생긴다. 매일 산책을 함께 하면서 알게 모르게 책임감도 느낀다. 밖에 외출할 때면 집에 혼자 있을 재롱이가 걱정된다. 이 놈은 혼자 있으면 먹지도 자지도 않고 한자리에서 앉아 현관문만 뚫어지게 쳐다보곤 했다. 지금 이 글을 쓰고 있는데 다가와서 나를 쳐다보면서 '끙끙' 댄다. 아침에 깨어나서 밥과 물을 달라는 신호다. 나이가 올해로 17살로 사람으로 따지면 할배 뻘이다. 양쪽 눈에 백내장이 와서 뿌옇게 보여 안쓰럽지만 그 재롱이가 오늘따라 더 귀엽다.

'어휴 귀여운 내 새끼~~'

50년만의 피아노 연습

오랜만에 유튜브에서 리처드 클레이드만의 〈아드리느를 위한 발라드〉 피아노 곡을 들었다. 아주 오래전 한동안 열심히 연습했던 곡이다. 이제는 다 잊어버렸지만.

다시 검색을 하다가 클레이드만의 〈가을의 속삭임〉도 즐겁게 들었다. 신촌 거리에서 이 곡을 연주하는 사람이 있어 플레이 버튼을 눌렀다. 뒷모습만 보아도 나이가 지긋이 든 노인이다. 가을의 속삭임을 치는 손가락이 예사롭지가 않다. 주위에 사람들이 모여든다. 곡이 끝나고 다른 곡을 하나 더 치고는 영상은 끝이 났다. 댓글을 읽으니 모두 "와, 할아버지 대단해요...!"라는 감동일색이다. 한 댓글에서 "이분, 친구 아빠인데 치과의사예요"라는 글도 보인다. 역시 치과의사 손의 섬세함이 느껴지는 듯했다. 물론 아마추어이기 때문에 화려하고 부드럽지는 않지만 정확하게 건반을 두드리고 안정감이 있는 연주였다. 나 역시 속으로 대단하다고 생각하면서 부럽다는 느낌도 들었다. 나도 어릴 때 피아노와 첼로를 배울 기회가 있었다.

초등학교 5학년 때였다. 담임선생이 음악을 전공하여 반 전체 학생들이 악기 하나씩 하도록 하여 합주부를 만들었다. 당시만 하더라도 집에 피아노를 가진 집이 드물었다. 담임선생은 가정형편에 따라 피리, 트라이앵글. 템버린과 '짝짝이'이라 부르던 캐스터네츠 등 모든 학생에게 악기를 지정해 주었다. 난 첼로를 선택했다. 아니다. 이것도 담임선생이 선택한 것 같다. 집안의 형편을 살피면서 각자에게 한 가지 악기를 다루도록 하고 매주 연습도 시켰다. 방과 후 학교에 남아서 첼리스트에게 개인 교습까지 받았다. 그때나 지금이나 동기부여가 없는 공부는 오래가지 못했던 것 같다. 일주일에 두 번 정도 방과 후에 첼리스트로부터 지도를 받았다.

곱슬머리의 첼리스트는 아직도 기억에 남는다. 어찌 되었건 재미도 없는 첼로를 방과 후에 남아서 배우니 고역이었다. 남들은 방과 후에 운동장에서 뛰어노는데 나와 다른 한 친구는 함께 죽을상을 하고 첼로를 배웠다. 담임선생의 열정으로 우리 반 모두가 학교 행사에서 합주 행진도 하고 외부 공연도 하였다. 운동장을 돌면서 하는 합주는 나름 재미있었다. 대구계성고등학교 강당에서 연주회가 있었다. 첼로보다는 처음 입는 흰 와이셔츠와 검은색 나비넥타이가 멋있게 보여 신이 났다. 그래서 열심히 연습했던 것 같다. 〈헝가리 무곡 제5번〉을 연주한 기억이 난다. 어릴 때 연습한 곡이 50년이 지난 지금도 그 곡을 흥얼거릴 정도다.

연주를 잘 했는지는 전혀 기억나지 않지만 마지막 박수를 받는 장면과 함께 나비넥타이를 맨 사진은 아직도 간직하고 있다. 첼로와 피아노를 처음 접하고 난 후 중학교에 올라가서는 다시는 연습할 기회가 없었다. 음악 시간에는 그저 노래 몇 곡 부르고 음악의 아버지가 누구며 어머니는 누군지 쓸데없는 정보만 머리에 집어넣는 걸로 끝이었다. 피아노와 첼로는 자연히 나에게서 멀어졌다.

세월이 흘러 약 7~8년 전이었을까? 고등학교 동창으로 이루어진 계모임에서 누군가 밴드를 결성하자는 제안이 있었다. 당시에 친구들끼리 밴드를 결성하여 카페를 빌려 연주회를 여는 게 유행이었다. 각자 자신이 맡을 악기를 정했다. 나는 그나마 피아노를 조금은 배웠기에 키보드를 담당하기로 하고 집 앞에 있는 개인교습 학원에서 배우기 시작했다. 두 달이 지났을까? 기초 연습이 끝나고 이제 팝송 중에 <마이웨이>를 골라 본격적으로 배우려는데 강사가 광진구로 옮겨 간다고 한다. 배우고 싶으면 따라오라고 한다. 그 멀리까지 가서 배울 엄두가 나지 않았다. 다시 일상이 바쁘다는 이유로 흐지부지되었다.

그렇게 시간이 흐르다 어느 날, 신촌 거리에서 <가을의 속삭임>을 연주한 할아버지, 아니 내 연배보다 높긴 하지만 아직 할배는 아닌 것 같은데, 덕분에 다시 피아노를 치고 싶은 마음이 생겼다. 지난번 내가 쓴 글 <생의 마지막을 지금 생각하는 이유>가 떠올랐다. 마지막 순간에 후회할 것만 같은 목록 중에 "피아노를 끝까지 배우고 즐기지 못했던 것"이 있었다. 그래, 후회하지 말고 지금이라도 늦지 않았다.

새로 시작하자! 결심했다. 어떻게 배울까 고민하다가 동네 가까운 곳에 피아노 학원이 있어 연락을 하니 성인을 위한 개인반이 있다고 한다. 일단 전화로 확인하고는 아내와 딸들에게 물었다. 모두 한동안 피아노를 연주한 경험이 있었다. 아내는 고등학교 시절 피아노로 음대를 가려다 다른 전공을 택했다. 아내가 묻는다.

"당신은 수영과 골프 등 모든 걸 혼자 배웠는데 군이 코로나19 위험을 무릅쓰고 학원에서 배울 필요가 있나?"라고 한다. 최근에 코로나 사태로 인해 밀폐된 공간에서 확진자가 발생하니 학습 받기도 께름칙하였다. 하긴 지금까지 모든 걸 혼자 배웠다. 남들보다 시간이 많이 걸리고 어느 정도 수준에서 더 이상 발전하기 어려웠다. 피아노를 빠른 시간 내에 숙달하기 위해서는 선생이 필요할 것 같았다. 그런데, 요즘에는 유튜브 강의와 좋은 교재가 많아서 혼자서 연습하는 게 충분하다는 것을 아내가 다시 강조한다. 인터넷을 찾으니 온라인 개인수업도 있고 유튜브에도 강의가 수두룩하다. 그 중에 가장 나에게 맞는 수준과 강의인 "Julia and Eugene"를 찾아 구독했다.

그런데 문제는 집에 피아노가 없다. 아이들이 어릴 때 치던 피아노를 그동안 사용하지 않아 몇 해 전에 중고로 처분했다. 다시 구입하기로 했다. 일반 피아노보다는 간편한 키보드형을 검색하니 쓸 만한 것은 가격이 만만치 않았다.

일단 시작하기로 마음을 먹었으니 장비를 구입해야 했다. 악기는 연습하지 않으면 아무 소용이 없다. 아내가 인터넷을 검색해서 같이 매장에 가서 직접 디지털 피아노를 확인하고 돌아왔다. 인터넷으로 주문하기만 하면 된다. 집에 돌아오니 큰딸이 제안한다. 자기가 사 드리겠다고 한다. 아빠가 큰 결심(?)을 했는데 자기도 기여하고 싶다고 한다. 대학에서 연구비를 받으면서 박사논문을 완성하기 위해 애쓰는 딸에게 금전적인 지원을 받는다? 나는 "됐다고, 말만 들어도 고마우니, 벌써 받은 것으로 하겠다."고 했다. 딸이 진지하게 두 번 더 얘기한다. 자기가 사 드리면 "아빠가 연습을 더 열심히 할 동기가 될 것"이라고 근거가 있는 이유까지 들면서 제안한다.

"그래 땡큐다...!"

난 못 이기는 척하면서 "열심히 연습 하꾸마"라고 하였다. 딸이 "Family Band"를 만들자는 제안도 한다. "자기는 리드 기타를 둘째는 예전에 배웠던 드럼을 하고 아빠는 키보드, 엄마는 보컬로 하면 어떠냐고" 한다. 아내는 두 손을 절레절레 흔든다. 올커니, 예전에 친구들과 못한 것을 아쉬워했는데 가족 밴드를 만들어 연주한다? 적극적으로 찬성했다. 인터넷으로 주문하니 이틀 후 배달이 왔다. 키보드형이라 조립도 간단하고 자리도 차지하지 않아 간편하다. 아내가 먼지가 쌓인 악보를 꺼내어 연주한다. 오랜만에 아내가 치는 피아노를 들으면서 나도 언젠가는 저렇게 연주해야지 결심한다

교재를 구입하고 인터넷으로 강의를 듣고 연습을 했다. 역시 스스로 동기 부여가 된 학습은 늘 재미있다. 물론 손가락이 내 마음대로 안 될 때도 많지만 조금씩 악보를 보면서 <When the saints go marching in> 노래를 무리 없이 칠 수 있어 기뻤다. 오로지 악보를 보며 혼자 고독한 시간을 견디는 그 과정이 즐겁다. 이번에는 결코 포기하지 않으련다. 영화 <피아니스트>에서 독일군 장교 앞에서 스필만이 연주한 쇼팽의 <발라드 1번>을 나는 언제쯤 연주할 수 있을까? 아니다, 작은 목표부터 세우자.

일단은 <가을의 속삭임>을 연주하는 그 날까지…

머리에서 발까지의 그 긴 여정

런던에서 ISO 국제표준화 회의가 열려 런던을 방문할 기회가 몇 번 있었다. 쉬는 날에 테이트 모던 미술관에 갔다. 화력발전소를 개조하여 현대미술관으로 새로 탄생시킨 공간이다. 언제 다시 올 수 있을까 싶어 하루에 많은 작품을 보려고 욕심을 내다보면 어느새 지친다. 그럴 때는 템즈강 전망이 한눈에 들어오는 6층 카페에 앉아 느긋하게 쉰다. 잠시 몸을 충전하고 다시 작품을 감상한다. 전시한 현대미술도 좋았지만 특별한 장면이 기억에 남는다.

전시장 바닥에 앉아서 어린아이들이 그림을 그리고 서로 얘기하면서 조용히 노는 모습이 눈에 띄었다. 어릴 때부터 즐겁게 놀면서 작품과 친해질 수 있는 환경이 부러웠다.

우리는 가끔 유명한 미술관이나 전시회를 찾아가서 기대했던 감동이 일어나지 않으면 실망하고 돌아오는 경우가 있다. 내가 아직 안목이 부족한 것은 아닌가 하는 느낌마저 든다. 하지만 예술은 어릴 적부터 자주 보면서 감각적인 경험을 하는 것이 중요하다고 생각한다. 그 순간의 느낌을 몸으로 받아들이면 된다. 오감을 통한 느낌과 해석은 사람마다 모두 다르기 때문이다. 감각 기관을 활짝 열고 열린 마음으로 수용하고 많이 보고 느끼는 것으로 족하다. 언젠가는 화가의 감동과 연결되어 심미의 세계와 소통하는 날이 있을 것이다.

『영혼의 미술관』의 저자 알랭 드 보통은 책을 통해 도슨트 역할을 하면서 우리를 예술의 세계로 초대한다. "예술이 우리의 타고난 약점들, 몸이 아니라 마음에 있는 심리적 결함이라고 하는 약점을 보완해준다."고 한다. 맞다. 예술은 우리에게 치유와 함께 궁극적으로는 자신을 이해하면서 감동을 전한다. 그는 예술이 어떻게 실제적인 삶의 현장에서 도움이 되는지를 설명한다.

다시 시간을 서울의 국립현대미술관으로 돌린다. 무슨 특별전인지 기억나지 않지만 전시장에 중학생으로 보이는 아이들이 몰려 있다. 한 손에는 작은 노트를 들고 뭔가를 열심히 적고 있다. 가만히 친구들끼리 얘기하는 것을 들으니 숙제를 하고 있다. 대화가 살며시 귀에 들려온다. "이 방은 과제에 없는 거야…"하면서 친구에게 빨리 다른 방으로 이동하자고 재촉하는 모습이 내 눈에 들어온다. 즐길 시간이 없다. 숙제를 하려는 순간 즐거움은 사라진다. 중학교 때인가 한용운의 시 <님의 침묵>을 읽고 여기서 '님이 누구냐'는 오지 선다형 시험문제를 받으면서 시어를 상상할 여유를 잃어버렸다. 정답을 찾기 위해 시를 읽었다. 시를 읽으면서 떠오르는 무한의 상상력을 정형의 틀 속에 가둬버렸다. 그 순간부터 시를 읽고 감상하는 즐거움은 사라졌다.

예술을 사랑하고 스포츠를 좋아하려면 어릴 때부터 배우고 몸으로 경험하고 즐기는 과정이 필요하다. 나는 그렇게 하지 못했다. 자녀에게는 어릴 때 스포츠와 예술을 많이 경험하게 하는 것이 좋을 것 같다. 그 중에 본인이 흥미를 느끼는 것을 스스로 선택할 수 있도록 하면 더욱 바람직하다. 가끔 아이들에게 묻는다. "지금까지 여행지에서 본 미술관이나 박물관 중에 기억에 남는 게 뭐지?" 기억에 없단다. 헐~! 잠시 허탈하다. 구체적으로 그때 상황을 설명하면 그제야 조금씩 기억이 떠오른다고 한다. 하지만 억지로 강요하는 순간 그나마 작은 불씨로 살아있는 호기심마저 사라지게 한다.

배움은 자율성과 주체성이 무엇보다도 우선한다. 자녀들이 배우는 과정을 지켜보기만 하면 된다. 근데 이게 보통 어려운 게 아니다. 부모가 뭔가 도움을 주기 위해 개입하려는 순간 호기심의 새싹은 죽어버린다. 배움은 나 스스로 눈으로 보고 확인하고 몸으로 체득하는 과정이다. 몸으로 느끼는 과정이 없으면 자기 것이 되지 않고 관념적으로 이해하고 사라진다. 배움은 내가 잘하는 분야와 못하는 것을 스스로 분간하여 부족한 부분을 채워 나가는 과정이다. 스포츠나 예술이나 공부이건 모든 배움의 과정은 한결 같이 동일하다.

"아는 것은 좋아하는 것만 같지 못하고, 좋아하는 것은 즐기는 것만 같지 못한다 "라는 공자의 말이 있다. 하지만 즐길 수 있는 수준까지는 부단한 연습이 필요하다. 즐기는 것도 여러 수준이 있다. 가끔 수영이나 골프 코치한테 원 포인트 레슨을 받으면 머리로는 이해가 되는데 몸이 따라주지 않았다. 류시화의 <하늘 호수로 떠나는 여행>에서는 조금은 다른 의미이지만 그 어려움을 표현한다.

"세상에서 가장 먼 거리는 사람의 머리와 가슴까지의 30센티밖에 안 되는 거리입니다. 머리에서 가슴으로 이동하는데 평생이 걸리는 사람도 있습니다."

몇 년 전부터 유튜브에 최상급 수준의 코치가 하는 강의를 들으면서 수영을 다시 배우기 시작했다. 내 모습을 내가 볼 수 없기 때문에 한계가 있었다. 내가 수영을 잘하는 줄만 알았다. 25미터 레인을 왕복 15번까지도 쉬지 않고 돌 수 있었기 때문이다. 수영의 가장 기본 동작인 스트로크가 제대로 되지 않았다는 사실을 안 것은 나중의 일이었다. 무언가 양팔의 리듬이 맞지 않는다는 것을 느꼈다. 더 이상 진척이 없었다.

아내에게 수영장 위층에서 보고 문제점을 지적해 달라고 부탁했다. 아내는 예전에 코치에게 제대로 배웠다. 아내가 관찰한 후에 "당신의 문제점은..."이라고 말할 때 내가 미처 몰랐던 부분을 족집게처럼 '콕' 찍어서 애기한다. 여행 중에 호텔 수영장에서 큰아이에게 동영상을 찍어 달라고 하여 나의 동작을 살핀다. 문제가 있다는 것이 정확히 눈에 보인다. 왼팔과 오른팔의 스트로크가 균형이 맞지 않는다. 어떤 점이 문제인지 이렇게 객관적인 눈으로 보고 확인하는 것이 도움이 된다. 내가 무엇을 할 수 있고 무엇을 못하는지를 제대로 아는 것이 중요하다. 배움의 출발점이다. 그래야 고칠 수 있기 때문이다. 문제를 알았으면 이제는 고쳐 나가는 연습과 훈련이 필요하다. 기본기에 문제가 있었다. 스트로크 동작이 부드럽지 않았다. 오른팔의 동작에 이상이 있으니 자연히 왼팔에도 영향을 미친다. 기본으로 돌아가야 했다. 처음 배우던 과정을 다시 돌이켜본다. 수영의 영법에도 정석은 한 가지이지만 나름의 꼼수는 수십 가지가 된다. 가끔 사람들은 말한다.

"선수로 나갈 것도 아닌데 뭘 그리 애쓰나? 대충 즐기면서 살지 그래..."

그냥 웃고 만다. 그만큼의 수준까지만 즐길 따름이다. 뭐 그것도 그 사람의 선택이니 어쩔 수 없다. 아이들과 함께 수영장에 가서 아이들이 수영하는 모습을 보면 무척 자연스럽다. 물과 함께 노는 것 같다. 어릴 때 코치로부터 배웠기 때문이다.

내가 "어떻게 그렇게 되냐고?" 물었다.

"그냥 몸이 그렇게 돼요"라고 한다.

맞다. 몸으로 느껴야 한다. 조금씩 고쳐 나가면서 평소 잘하지 못했던 배영과 사이드 터닝까지 뒤늦게 매웠다. 유튜브를 보고 이론을 알고 난 후 몸으로 다시 연습했다. 배영과 사이드 터닝이 자연스럽게 될 때까지 수많은 시행착오를 겪었다.

수영, 테니스, 골프 등 스포츠를 배우면서 많은 것을 깨우친다. 공정한 경쟁, 정직성, 지구력, 끈기, 단순함, 균형감각, 자기 정체성까지 훈련할 수 있다. 단체 운동인 농구와 축구는 팀 협력, 자기 역할, 반칙에 따른 페널티, 보상의 달콤함까지 몸으로 경험할 수 있다. 연습을 꾸준히 하면 그 결과를 눈으로 확인할 수 있다. 성장하고 있다는 것을 알 수 있다. 게을리하였다면 확연히 드러나기 때문에 변명할 여지가 없다. 즐거움의 경지까지 오르면 동작이 단순해진다. 운동을 하면서 자기결정권과 자기효능감까지 키울 수 있다. 스포츠를 통해 균형과 리듬감을 배우고 타인과의 협력도 함께 배울 수 있는 좋은 기회가 된다.

우리가 인생을 살아가는 과정도 이와 같지 않을까? 신영

복 교수는 "머리에서 가슴으로, 그리고 가슴에서 발까지의 여행이 우리의 삶"이라고 고백했다. 운동뿐만 아니라 삶의 현장에서도 머리로 알고 가슴으로 받아들이고 마지막으로 몸으로 실천하는 삶을 뜻한다. 삶은 배움의 여정이다.

오래전 아내와 함께 매주 일요일 오전에 이화여대 대학교회에서 강의를 들었다. 이화여대 교목이었던 지금은 고인이 되신 김흥호 교수가 일반인을 대상으로 신약성경을 강연하였다. 그분은 다석 유영모로부터 가르침을 받아 성경뿐만 아니라 불교, 유교, 서양철학까지 공부했다.

『영원을 사는 사람』에서 "아는 것만 가지고는 안 된다. 행할 수 있어야 한다. 행할 수 있어야 진짜 안 것이다. 체득하지 않으면 행할 수 없고 행하지 못하면 가르칠 수 없다"라고 강조했다. 아직도 그분의 선한 얼굴이 눈에 어린다. 영혼의 구원도 머리로 아는 지식이 아닌 몸으로 체득하는 과정이 필요하다고 강조했다. 일상의 삶에서 김흥호 목사의 얼굴과 언어에서 나오던 겸손과 인자함이 그 분처럼 나타나야 하는데 난 아직 갈 길이 멀다.

인생도 그렇지 않을까? 삶도 자신의 몸과 마음을 더 나은 존재로 만들어가는 자기 변화의 과정이 아닌가? 생명현상이라는 근본원리는 환경에 맞게 변해야 산다는 것이다. 다만 가끔 나처럼 스승도 없이 혼자 배우려고 먼 길을 20년이나 돌아가면서 길을 헤맬 때도 있지만 말이다. 그래서 좋은 스승이 필요하다.

지금 내가 하는 글쓰기도 그렇다. 처음에는 서투르다. 무엇을 써야 할지 몇 자를 쓰고는 한참을 우두커니 앉아 있다. 일단 시작을 하니 '글이 글을 부른다'는 사실을 체험했다. 지금도 어색하지만 글을 쓰고 있다는 사실이 뿌듯하다. 계속 연습하면서 조금씩 나아지는 변화를 느낀다. 수영을 배울 때와 비슷하다. 가끔은 슬럼프에 빠질 때도 있다. 그럴 때는 하던 것과 거리를 둔다. 자신과의 거리 두기다. 나를 돌이켜 보는 시간이다. 다른 시선에서 나를 바라보면서 생각한다. 내가 지금 어디에 있고 무엇을 하고 어디를 향하고 있는지 생각한다.

좋은 삶이란 무엇일까?
이제는 오래 살면 백세 인생이다. 구십 혹은 백세를 산다고 해도 스스로 몸을 움직일 수 없고 주체적으로 생각하지 못하는 인생은 무슨 의미가 있을까? 좋은 삶이란 성공한 삶이 아니라 의미 있는 삶이라 생각한다. 의미 있는 삶을 위해서는 우선 건강하고 자신이 무엇을 좋아하고 잘하는지를 알고 자기 결정권을 가지고 자신의 역할을 즐겁게 하면서 살아가는 삶이 아닐까?

이번 학기도 코로나19 확산으로 인해 온라인 강의로 마감하였다. 온라인으로 실시한 강의평가에서 한 학생의 코멘트가 인상적이어서 자랑 삼아 적는다.

"수업시간에 배운 공학적 이론도 기억에 나지만 나에게 와 닿고 기억에 남았던 내용은 '어떻게 살아야 할까?'에 대한 내용이다. 지금까지의 나는 특별한 계획 없이 그냥 흘러가는 대로 살아왔고 내 주관 없이 남이 하라는 것을 하고 시키는 대로만 살아왔던 것 같다. 하지만 강의를 듣고 느낀 것은 그동안 이렇게 살아온 것은 나의 게으름, 부족한 자신감이었지만 이미 지나간 시간들이다. 이제부터라도 내 삶의 주체는 나이기 때문에 나만의 목표를 세우고 행동하고 자신감을 갖고 남의 시선이나 지적에 휘둘리지 않고 당당해질 수 있게 자존감을 키워야 하겠다. '어떻게 살아야 할까?'는 큰 동기부여가 되었다."

학생은 머리로 이해하고 수긍을 했다. 실천의 첫 단계인 스스로 납득하는 시간을 지나고 있다. 이제 남은 것은 가슴을 거쳐 발로 가는 긴 여정이 남아있다.

나 역시 그러하다.

친구가 스승이 되고 멘토가 되고

큰딸이 네덜란드 대학에 포스트닥 연구원으로 초청받아 가면서 아내도 같이 갔다. 아내는 딸이 정착하는 것을 돕기 위해 잠시 체류하고 있었다. 아내가 떠난 집이 왠지 휑하고 쓸쓸했다. 아내가 하던 집안일도 갑자기 내 몫이 되었다. 집안일이 이렇게 많은 줄 미처 몰랐다. 아침에 일어나 스트레칭하고 직접 만든 요구르트에 과일과 호두를 함께 섞어 먹는다. 핸드드립으로 만든 커피 향을 음미하면서 본격적으로 아침을 연다. 재롱이 아침밥, 소변 패드 갈기, 청소를 하고는 책상에 앉아 글을 쓰고 강의 준비도 한다. 정오가 될 즈음이면 산책하러 나간다.

샤워를 하고 보리차를 끓이고는 가까운 식당으로 향한다.

해남 생선구이 백반은 집에서 먹는 맛과 거의 같아 단골이 되었다. 오후에는 빨래하고 건조기를 돌리고 식기세척기를 사용하여 밀린 그릇을 씻는다. '이런 세탁기와 건조기가 없는 예전의 여성들은 얼마나 힘들게 살았을까' 혼자 상상해 본다. 기계를 사용해도 집안의 소소한 일은 끝도 없이 나온다. 내일은 골프 약속이 있어 일찌감치 잠자리에 들었다. 평소에는 잠을 청하면 금방 곯아떨어졌는데 이날 따라 뒤척이다가 겨우 잠이 들었다.

아침 일찍 눈이 떠졌다. 사실 어제 저녁부터 마치 어릴 적 소풍 가기 전날처럼 약간 마음이 설레었다. 아침부터 재롱이 간식과 물을 챙겨주고 부산스럽게 움직이다가 친구가 나를 태우기 위해 집으로 오고 있다는 카톡을 받았다. 여의도에서 출발한 친구가 압구정에서 두 명을 픽업하고 다시 분당으로 왔다. 모두 군대 동기들이다. 오늘의 행선지는 원주 공군 체력단련장이다. 티맵으로 보니 출근시간과 겹쳐 약 1시간 25분이 걸린다. 여의도에서 온 친구는 거의 2시간 반을 운전한다.

"복 많이 받을껴~" 차를 타고 가다가 운전하던 친구가 내가 쓴 브런치 글을 잘 읽고 있다고 한다. 사실 그동안 내가 글을 쓰고 있다는 얘기를 주위에 알리지 않았다. 어떻게 브런치를 아느냐고 물었더니 다른 친구가 내 글을 보내주어서 읽었다고 했다. 내 글에 백퍼센트 공감한다며 자기가 공감했던 글을 자세하게 나에게 설명한다. 본인도 걷기운동을 시작한 지 한 달이 되는데 내 글을 보고 더욱 동기부여가 되었다고 했다. 심지어 나를 롤모델로 삼겠다고 한다.

"야, 무슨 롤모델까지? 그냥 공감해주는 것으로 만족해"라고 했다. 사실 평소에 '내 글을 보고 한 명이라도 공감하고 삶의 변화를 함께 체험하면 얼마나 좋을까'하고 생각했는데 아주 가까운 곳에서 희망을 발견했다.

친구와 카톡으로 대화하다가 대화의 주제가 연결될 때 가끔 내 글을 카톡으로 보내면 다양한 반응이 오는 것을 발견한다. 보낸 글을 읽고는 쌩까는 친구도 있다. 좋다, 싫다 아무런 반응이 없다. 그러면 '공연히 보냈구나' 후회한다. 그럴 수도 있지 하고 내 마음을 다독이지만 불편한 마음은 남는다. 글을 읽고 느닷없이 조언하는 경우도 있다. 글이 쉽게 술술 읽히지 않고 딱딱하다고 충고까지 한다. 누구보다도 내가 더 잘 알고 있는 부분이다. 내가 비평을 요청하지도 않았는데 오지랖이 넓다. 신형철 문학평론가는 "비평은 함부로 말하지 않는 연습"이라고 했다. 그런 일이 몇 번 있고는 다시는 내 글을 공유하지 않는다. 그러던 중, 한 친구가 소설가 김훈의 <어떻게 죽을 것인가?>라는 글을 나에게 보내주었다. 평소에 나도 김훈 작가를 좋아하였기에 글을 보고 공감했다. 조금 망설이다가 내가 쓴 <생의 마지막을 지금 생각하는 이유>라는 글을 보냈다. 조금 후, 회신이 왔다.

"글이 좋아 아내에게도 글을 공유했네~"라는 메시지였다. 단톡방에도 공유하겠다는 것을 말렸다. 아직 글의 완성도가 떨어지기도 하고 '일기는 일기장에'라는 생각을 가지고 구태여 읽고 싶지 않는 사람도 있을 거라고 말했다. 한 사람이라도 공감을 받은 것으로 감사하다고 했다.

어제 같이 차를 타고 가는 친구처럼 글을 읽고는 본인의 삶에 변화를 시도하는 것을 보면 기분이 아주 좋다. 내가 브런치에 글 쓰는 이유 중의 하나가 '읽는 사람에게 조금이라도 도움이 되는 글을 쓰고 싶다'는 것이기 때문이다. 글쓰기는 자신을 표현하고 결국은 자기 만족이지만 주위에 영향을 미치는 모습을 보는 것도 대단한 축복이다. 글에 대한 반응만이 다양한 것이 아니다. 예기치 않은 상황에 대한 반응 또한 다양하다.

군대 동기 3명이 만든 <3할배투어>에서 부안의 곰소항, 채석강과 내소사를 갔다. 한 친구가 고맙게도 시간대별 일정과 함께 맛집까지 추천하여 미리 카톡방에 올렸다. 차를 타고 가면서 서로 얘기가 끊이지 않는다. 서해안 고속도로에 들어서면서 비가 뿌리기 시작하더니 곰소항에 도착할 즈음 비가 눈발로 변했다. 점심 먹으러 식당에 들어가는데 흩날리던 눈발이 함박눈으로 바뀌었다. "하필 오늘 같은 날 이렇게 날씨가 변덕이 심하지"라고 나 혼자 투덜거리는데 차에서 내리던 친구가 "야, 올해 첫 함박눈이 부안에 온 우리를 환영해주는데~" 하면서 웃으면서 식당으로 들어간다. 순간 놀랐다.

'아, 이렇게 반응이 다르구나'

똑같이 예상하지 못한 상황에 놓였는데 전혀 다른 반응을 하고 있었다. 내소사로 들어가는 길목에서는 함박눈이 우박으로 변했다. 우박이 오건 함박눈이 내리건 날씨는 통제할 수 없는 일이다. 그러나 그 상황에 대한 반응은 좋든

싫든 내가 선택한 것이다. 난 부정적 감정을, 친구는 긍정의 감정을 선택했다. 아니 이미 감정이 습관화 되었는지도 모르겠다. 통제할 수도 없는 상황에서 나오는 전혀 다른 반응을 보인 친구의 모습에서 문득 깨우침이 떠오른다. 친구가 스승이 되는구나.

연 이틀간, 멋진 친구, 스승, 멘티, 멘토와 함께 있어 행복했다. 그러고 보니 모두 공군 동기들이었다. 공군 장교로 단기 복무하면서 많은 삶의 경험을 했다. 중위 말년에는 뜻하지 않는 병에 시달렸지만 오히려 삶의 진로에 대해 진지하게 고민하고 새로운 결심을 한 것도 군 시절이었다. 남들은 군대 시절은 결코 돌아보기도 싫다고 하는데 나에게는 값진 경험이었다. 지금까지도 공군 체력단련장을 저렴하게 사용할 수 있는 혜택도 받는다. 내년이면 임관 40주년이 되는 해이다.

내가 받은 것을 무엇으로 보답할 것인가?

아침 루틴 15분

만보 걷기를 시작하기 전이다, 매년 시간이 갈수록 배가 점점 나온다. 먹는 대로 배에 지방이 차곡차곡 쌓여간다. 복부에 쌓인 지방은 당뇨병, 심장병 등 다양한 질병을 일으키는 원인이기 때문에 신경이 쓰였다. 더구나 보기도 싫었다.

새해에는 '뱃살을 기필코 빼야지' 하고 의지를 불태우며 결심했다. 식사시간에 신경을 곤두세우고 식사량을 줄이기 위해 노력도 했다. 크게 결심하면 당연히 삼 일만 간다. 맞다. 인간의 의지는 그렇게 믿을 게 못된다. 더구나 인간의 뇌는 자기합리화를 하는 데는 누구에게도 뒤지지 않는다. 의지에 불타는 시간을 보내면서 며칠간 식이요법을 했다.

그 와중에 오랜만에 친구들과 저녁 모임을 가졌다. 맛있는 대방어가 테이블 위에 놓인 것을 보는 순간 이미 정신줄을 놓고 말았다. 방어 큰 조각을 하나 입에 넣고 씹는 순간, 나의 뇌에서는 쾌락 호르몬인 도파민이 마구 방출된다. 다음 순간은 말할 필요가 없다.

스스로 무장해제를 했다. 횟감에는 술이 곁들여야 제 맛이라는 말과 함께 소맥까지 마셔 댔다. 입가심을 한다고 2차로 호프집에서 맥주를 마시면서 감칠맛 나는 감자튀김과 닭다리를 게걸스럽게 먹었다. 이번에는 행복 호르몬이라 불리는 베타 엔도르핀이 분비된다. 아주 잠시나마 행복한 시간을 보낸다. 도파민과 베타 엔도르핀이 한꺼번에 왕창 방출되면서 정신줄을 놓았다. 다음 날 일어나서야 다이어트 노력이 허사가 되었다는 것을 깨달았다. 이미 늦었다. 몇 번을 그런 식으로, 호르몬의 작동으로 인해 식탐의 노예가 되어 버리고 나면, 마음속으로는 포기할 준비가 되어 있다. 아니 포기가 아니라 합리화를 찾는다.

전전두엽이 활성화되면서 영악스럽게 합리화를 할 시간이다. '인생 뭐 별거 있나? 이렇게 즐기는 거지 뭐, 다 먹자고 하는 일인데'라고 말이다. 이런 합리화를 할 만한 거리를 찾지 못하면 자책감이 그 자리를 꿰차고 들어온다. '아, 나는 의지가 약한 놈'이라고 자책한다. 그러다 느닷없이 같이 자리한 친구가 웬수가 되고, 그 놈의 대방어가 걸림돌이라고 원망까지 한다.

과식하는 순간 알아차렸어야 하는데, 후회해도 이미 늦었다. 정신줄을 놓았다는 의미는 그 순간을 인식조차 하지 못했다는 뜻이다. '현재 상태에 대해 알고 있음'이라는 의식없이 그 상황에 내가 매몰되었던 것이다. 즉 알아차림의 순간이 없었다. 알아차리려면 매몰되는 의식에서 빠져나와야 한다. 메타인지 능력이다. 소크라테스의 "너 자신을 알라"는 말과 관계가 있다. 내가 무엇을 하고 싶은지, 무엇을 하고 있는지 나를 객관화하면서 나를 바라볼 수 있는 힘이다. 매몰되는 순간 나 자신을 잃어버린다.

일상에서 항상 의식을 깨우면서 살 수 없다. 뇌가 필요로 하는 에너지가 폭발적으로 증가하기 때문이다. 인간의 뇌는 효율적인 운용을 최대의 목적으로 하기 때문에 사소한 것들은 모두 습관의 영역으로 보낸다. 선택에 따른 에너지를 소모하지 않고 할 수 있는 잡다한 일들은 이성의 판단이 아니라 습관이라는 자동화 영역으로 넘어간다.

음식에 대한 탐닉도 그 상황이 되면 이성은 도망가고 오래된 습관이 자리를 잡아 나를 통제하기 때문이다. 나쁜 습관이 나를 옭아맨다. 또 다른 나쁜 습관이 있다. 빨리 먹는 습관이다. 예전에 식사할 때 꼭 신문을 보거나 텔레비전을 보면서 밥을 먹었다. 아마 회사를 다니며 아침 출근 시간에 쫓기면서 식사시간에 신문과 아침 방송까지 함께 보고 듣는 멀티태스킹을 하게 되었던 것 같다. 사실 신문을 보거나 텔레비전을 보면서 식사하면 어떻게 먹었는지 잘 모른다. 나도 모르게 습관이 되었다. 시간이 다소 여유가 있어도 습관은 그대로 이어졌다. 음식 맛을 즐길 수도 없고 포만감이 오는지도 모른다.

먹고 난 다음에 과식했다는 것을 알아차리지만 이미 때는 늦었다. 이런 나쁜 습관이 나를 지금까지 30년 이상을 지탱해오고 있었다. 아내가 가끔 식사를 할 때 천천히 먹으라고 얘기를 한다. 속도를 조절하지만 그 때뿐이다. 차츰 배가 불러오면서 위기의식이 생겼다. 어느 날 샤워를 하기 위해 옷을 벗고 거울을 보는데 웬 배불뚝이 늙은 중년이 눈 앞에 서 있었다. 아니 저기 서 있는 저 인간은 누구...? 깜짝 놀랐다.

다시 다이어트를 하기로 결심했다. 먼저 식사 습관을 바꾸어야 하겠다는 생각을 하였다. 나쁜 습관을 어떻게 바꾸어야 하는가? 『남자의 뱃살』의 저자인 유태우 교수가 유튜브에서 강의한 내용이 있다. 현대의 질병 원인 가운데 가장 큰 것이 비만이라고 한다. "비만의 원인이 많이 먹는 것, 즉 폭식이며 폭식의 원인이 생각 없이 빨리 먹는 것"이라는 그의 말을 듣고 내 습관을 돌아보았다. 바로 식사 습관이었다. 빨리 먹으면 뇌가 포만감을 느끼기 전에 벌써 위장에는 음식이 가득 들어가고 난 다음이다. 자극적인 음식일수록 빨리 먹는다는 것이다. 결론은 음식을 천천히 씹으라는 것이다. 천천히 먹을 수 있는 환경과 조건을 만들어야 했다. 아내가 밥그릇을 원래의 반 밖에 되지 않는 작은 것으로 바꾸어 주었다. 밥그릇이 작으니 자연히 숟가락으로 작게 떠서 먹고 천천히 먹을 수밖에 없다. 식사 시간이 약 20분으로 늘어나면서 식사량도 많이 줄었다. 거의 반으로 줄었다.

심리학자와 뇌의학자들은 인간의 의지를 너무 믿지 말아야 한다고 한다. 그렇다고 노력이 필요 없다고 오해하면 곤란하다. 오히려 환경과 상황을 바꾸어 습관을 바꾸는 것이 효과적이라고 조언한다. 빨리 먹을 수 있는 상황 자체를 바꾸었던 것이 효과가 있었다. 나쁜 습관에 빠질 수 있는 환경을 바꾸고 그 순간에 매몰되지 않고 '알아 차림'을 통해 습관을 새롭게 고칠 수 있었다. 많이 먹으려고 하는 순간 혹은 자세를 삐뚤게 하여 걷는 그 순간에 알아차려야 한다. 최근 뇌과학에 관심을 갖고 책을 읽으면서 알아 차림의 작은 습관을 통해 놀라운 결과를 낼 수 있다는 사실을 체득했다. 집단 무의식, 콤플렉스, 그림자, 페르소나 등의 개념을 주장한 심리학자 칼 융은 다음과 같이 주장했다.

"무의식을 의식화하지 않으면, 무의식이 우리 삶의 방향을 결정하게 되는데, 우리는 바로 이런 것을 두고 운명이라고 부른다."

가만히 생각하면 일상에서 많은 부분을 무의식으로 습관적으로 행동하고 있다. 커피 마시고 밥 먹을 때 심지어 섹스할 때도 그렇다. 그러면 제대로 즐길 수가 없다. 누군가 다음과 같은 명언을 남겼다. "생각하는 대로 살지 않으면 그대는 사는 대로 생각하게 된다"라고 했다. 매 순간 내가 무엇을 하고 있는지 인식하는 것, '알아차림'을 통해 더 깊은 즐거움을 느낄 수 있다. 커피 한잔을 마실 때도 향긋한

향을 먼저 맡고 입으로 커피가 들어갈 때 입 안에서 혀로 커피를 한 번 굴려보면 그 알싸한 느낌을 즐길 수 있다. 식사도 아침은 바쁘니까 그렇다 쳐도 점심이나 저녁만큼은 허겁지겁 삼키지 말고 천천히 맛을 음미하면서 먹자. 천천히 먹으면 과식을 할 수 없어 다이어트 효과도 있다. 섹스 역시 아다지오에서 안단테 리듬으로….

  아침 스트레칭을 시작했다. 여름에는 요가 매트에서, 요즘같이 아침에 서늘한 기운에서는 담요를 깔고 운동한다. 만보 걷기를 계속하면서 아침 스트레칭도 할 수 있을 것 같은 자신이 생겼다. 유튜브에 다양한 종류의 아침 스트레칭 방법이 나온다. 그 중에 나에게 맞는 것을 골라 시작했다. 처음에는 간단한 스트레칭을 한 후 팔 굽혀 펴기만 했다. 조금씩 횟수를 늘리다 보니 어느덧 70회 많으면 80회까지 했다. 약 3개월이 지난 어느 날 거울을 보니 배불뚝이 모습에 변화가 생겼다. 거울에 비친 내 모습이 달라졌다. 대흉근과 삼각근이 조금씩 윤곽을 드러내고 있었다. 어깨도 약간 벌어졌다. 달라진 모습을 보면서 기분이 좋았다. 눈으로 확인이 되니 매일 계속할 수 있는 동기가 생겼다. 바로 보상효과이다. 아침 스트레칭 순서를 살펴보자.

먼저 누워서 고관절 스트레칭을 한 후, 힙 브릿지, 크런치, 레그레이즈로 대둔근과 허리주위의 기립근과 복직근을 강화하는 운동을 한다. 다시 엎드려 덩키킥(이름도 처음 알았다), 플랭크로 코어근육을 강화하고 푸시업으로 강도를 높인 후, 마무리 스트레칭으로 끝을 맺는다. 모든 동작을 호흡에 맞추어 천천히 해야 한다. 플랭크와 푸시업은 날을 번갈아 선택적으로 한다. 근력강화 운동은 하루 쉬었다 하는 것이 좋다. 가끔 기분 나면 런지나 스쿼트까지 한다. 약 15분 걸린다.

아침 15분 루틴의 시작이었다. 그 후, 만보 걷기를 하면서 글쓰기도 시작했다. 가벼운 마음으로 글쓰기 플랫폼인 브런치에 글을 올릴 수 있는 자격을 신청했다. 얼마 후 심사를 거쳐 브런치 작가로 활동할 수 있게 되면서 글을 쓰기 시작했다. 만약 브런치가 없었다면 글을 지속적으로 쓸 수 없었을 것이다. 글 쓸 환경을 만들었다. 작은 변화였다. 새로운 실험을 하고 있다.

마지막 날까지 삶의 실험은 계속된다.

책 읽는 습관이 3대를 간다면

"당신이 먹는 게 3대를 간다."

SBS 스페셜 <생명의 선택> 다큐멘터리의 일부이다. 2차 세계대전 막바지인 1944년 독일군은 네덜란드를 봉쇄했다. 식량 공급을 6개월간 막아 수 천 명이 사망한 비극적인 사건이 발생했다. 당시에 임신한 가계를 조사하니 일반 군과 다르게 그 자신과 후손들이 암과 대사증후군 발병률이 상당히 높았다. 기근 때 태어난 아기뿐만 아니라 손자들까지도 건강하지 않다는 사실이 밝혀졌다.

임신할 당시에 임산부, 태아 그리고 태아 속에 이미 생성된 난자를 통해 3대를 통해 그 영향이 미친다는 것이다. 우리가 먹는 한 끼 밥이 나와 나의 자식만 아니라 그 후손까지 이어지면서 가족과 사회 전체에 영향을 미칠 수 있다는 내용이다. 환경에 의해 변이를 일으키는 것은 DNA 뿐만 아니다. 유전자가 발현하는 양상 또한 달라진다. 바로 후성유전학이다. 인간이 부모로부터 물려받은 유전자 그대로 평생토록 결정되지 않으며, 태어난 후의 다양한 환경과 행동에 의해 유전자의 작동 양상이 변하면서 후손까지 영향을 준다고 한다. 다양한 환경과 행동에는 음식과 같은 생활습관도 포함된다.

세계적인 여배우 앤젤리나 졸리는 자신의 유전지에 돌연변이가 있다는 사실을 알고 예방 차원에서 유방과 난소절제 수술을 받았다. 브라카 유전자에 돌연변이가 있다고 꼭 유방암이 발생하는 것이 아니지만 확률이 높기 때문에 수술한 것이다. 돌연변이 유전자를 보유했다고 모든 여성이 유방암에 걸리지는 않는다. 동일한 유전자를 갖고 태어났지만 유전자의 발현이 달라지는 이유를 연구하는 학문이 후성유전학이다. 아직도 거대한 블랙박스라고 할 만큼 논란이 많은 분야이기도 하다. 예를 들어, 유방암처럼 유전적 요인이 높은 것도 물론 있지만 가족이 함께 먹고 마시고 숨 쉬는 환경에 따라 암이 발현될 수 있다는 의미이다. 그만큼 삶의 환경과 생활습관이 중요하다는 뜻이다.

"당신이 먹는 음식이 당신을 만든다." 프랑스 미식 평론가 브리야 사바랭은 『미식 예찬』에서 "무엇을 먹는지 말해 보라, 그러면 당신이 어떤 사람인지 말해주겠다."라고 장담했다. 설득력 있는 주장이다. 여기서 한 걸음 더 나아가 당신과 가족의 생활습관을 보면 당신과 가족의 미래까지 알 수 있다. 감히 말할 수도 있겠다.

가족병력이라는 것도 유전의 영향과 함께 식생활 습관과 관련이 있다. 특히 고혈압, 당뇨, 고지혈증은 유전의 영향도 있지만 가족의 식습관과 생활양식이 나빠서 증세가 발현되는 병이라고 한다. 식습관이 나쁜 가족이 함께 짜고 달달한 음식을 계속 먹으면 당연히 비슷한 종류의 병이 생긴다. 이러한 질병은 유전보다는 오히려 식습관이 더 영향을 준다는 의학 통계가 있다. 음식뿐만 아니다. 가족 가운데 생긴 가정폭력이 하나의 패턴이 되어 대물림 되고 있다. 부모로부터 받은 가정폭력의 상처가 안타깝게도 자기 자식에게 대물림 될 확률이 크다고 한다.

바람직한 대물림도 있다.
독서다. 음식이 당신의 육체적 자아라면 책은 정신적 자아다. 독서도 가족력을 통해 습관이 되면서 후손에게 전달된다. 영국의 진화생물학자인 리처드 도킨스는 『이기적 유전자』에서 모방과 같은 비유전적 방식을 통해 문화를 복제하고 전달하는 밈 - Meme이라는 개념을 제시했다. 밈은 생각, 행동, 복식문화 등을 모방함으로써 그 문화를 복제하여 다른 사람이나 집단에게 문화정보가 전달된다는 것이다.

호모 사피엔스가 만 년 전, 한 곳에 정착하기 시작하면서 발전시킨 언어, 종교, 예술 등을 포함한 모든 문화는 모방에 의해 복제되고 후손에게 전달되었다. 전달의 매개는 주로 말과 글이라는 수단을 통해 이루어졌다. 입으로 전해지는 말과 글을 담은 책은 문화를 복제하고 후손에게 그 문화를 전달하는 유전자의 역할도 한다는 의미다. 물론 지금도 학계에서는 밈의 과학적인 증거에 대한 찬반이 치열하지만 그 사실 자체는 인정하고 있는 추세이다. 또 다른 과학적 발견도 있다.

1990년대 이탈리아의 신경생리학자인 파르마 대학의 리촐라티 교수는 모방 역할을 하는 '거울 뉴런 - Mirror Neuron'이라는 신경전달물질을 발견하였다. 아이들이 거울 뉴런을 통해 어른의 몸짓 활동을 모방하면서 언어를 습득한다. 인간이 모방을 통해 문화를 이룬다는 핵심적인 원리를 파악했던 것이다. 어릴 때부터 가정에서 부모의 행동을 보면서 모방하고 같은 음식을 먹고 책 읽는 환경에서 자란다면 그 아이들의 미래를 예측할 수 있을 정도이다. 사회의 가장 작은 단위인 가족에서 시작한 모방은 사회에 영향을 미치면서 사회적 문화로 자리 잡는다. 그만큼 가족 단위에서 생기는 모방이라는 문화유전전달 매개체가 중요한 역할을 하고 있다는 증거이다.

가장 중요한 모방의 전달체가 언어이고 언어를 활자로 표현한 것이 책이다. 책 읽는 문화에 대한 통계를 가끔 접한다. 우리나라 성인 40%가 지난 1년간 책을 한 권도 읽지 않았다는 2017년 통계가 이제는 새롭지 않다. 책은 멀리하고 스마트폰에 몰입하는 현상이 하나의 문화로 정착된 느낌이 든다.

『나는 이런 책을 읽어왔다』의 저자 다치바나 다카시는 "그 사람이 읽은 책을 알 수 있다면 그 사람의 머릿속을 채우고 있는 내용을 거의 짐작할 수 있다."고 한다. 장석주 시인은 "내가 읽은 책이 곧 나의 우주다."라고 했다. 내가 바라본 세상과 그들이 본 것은 너무나 차이가 났다. 그 시야가 부러웠지만 시간이 없다는 핑계로 그 부러움으로 끝이 났다. 나이가 들어 책 읽는 것도 특별한 계기가 필요한 모양이다.

30대 후반에 접어들면서 위기가 찾아왔다. IMF 외환위기로 대표이사로 있던 회사에서 쫓겨나다시피 하였다. 퇴직으로 인해 갑자기 백수가 되었다. 어느 날 아침, 내가 더 이상 갈 곳이 없다는 사실을 알았다. 20대 중반에 찾아왔던 '어떻게 살아갈 것인가?'라는 질문이 다시 떠올랐다. 질문의 방향이 조금 바뀌었다. 사회적 지위에 대한 상실감으로 인해 '살아가야 할 의미가 무엇인가?'라는 질문이 밀려왔다. 보통 은퇴하고 난 다음 찾아온다는 사회적 정체성의 상실로 인한 허무함이 불혹을 앞둔 나이에 실직한 상황에서 찾아왔다.

내 생의 두 번째 변곡점이었다. 자신이 가장 약하고 힘들 때 변화하려는 몸부림을 치는 모양이다. 내가 진정으로 바라는 것이 무엇인지? 무엇을 놓치고 살았는지? 생각했다. 그동안 바쁘다는 핑계로 멀리한 책을 다시 찾았다. 시간이 많으니 긴 호흡으로 매일 읽었다. 휴일 빼고는 거의 매일 수영을 했다. 미래가 불투명한 어려운 시간을 보내면서 수영하는 순간은 모든 걸 잊을 수 있어 좋았다. 책과 운동이 다시 나를 살려냈다. 그렇지 않았다면 좌절에 빠져 헤어나질 못했을 것이었다. 독서와 수영이라는 운동이 회복 탄력성을 높인 것이다.

아내는 딸들과 함께 책도 읽고 책과 가깝게 지냈다. 어느덧 아이들이 다 크고 난 지금, 큰딸은 박사학위를 받은 후 네덜란드 대학에 초청연구원으로 갔다. 논문을 쓰기 위해 전공과 관련된 책은 읽지만 교양서는 즐기지는 않는 것 같다. 작은 딸도 책을 아주 좋아하는 것 같지는 않아 보인다. 독서습관도 나처럼 다 때가 있는 모양이다. 아이들은 부모가 말하는 앞모습을 배우지 않는다. 부모가 행동하는 뒷모습을 보면서 닮아간다. 언젠가는 책 읽는 뒷모습을 딸들이 따라하는 날이 올 것이라 희망한다. 그들과 그 자손과 동시대에 사는 모든 이가 인생을 더 풍성하게 살아가는 모습을 그려본다.

개인의 삶뿐만 아니다. 우리 사회도 과거로부터 물려받은 문화 유산 위에 살아가면서 그것을 발전시켜 후대에 물려줄 의무가 있다. 우리는 조금이라도 더 나아진 세상을 만들기 위해 어떤 노력을 했으며 어떤 가치를 보전하고 있는 가? 미래 세대에 무엇을 물려줄 것인가? 보수적 가치를 지키면서도, 미래를 향해서는 진보적으로 나아가는 것이 우리가 해야 할 일이 아닐까?

논어의 <학이>편이 떠오른다. "배우고 때로 익히면 또한 기쁘지 아니한가". 불혹의 나이에도 깨닫지 못한 것을 이제 이순의 시간을 보내면서 조금은 알 것 같다. 배움은 용기를 내어 변화할 수 있는 내면의 힘을 키운다. 생의 즐거움까지도 함께 누릴 수 있다. 읽고 익히며 배우는 즐거움을 알지 못했으면 무슨 의미로 살아갈 수 있었을까? 내가 읽고 배우면서 즐기는 습관이 후대를 거치면서 계속 발현될 것이라 믿는다. 더 많은 사람들이 공감하고 실행하는 모습을 보고 싶다.

후성유전학과 밈 덕분에 다소 과한 욕심을 부린다.

얼굴 표정에서 삶의 흔적을 읽다

몇 달 전, 코로나19가 잠시 누그러지는 시점에 결혼식에 참석했다. 식장 입구에서 황당한 인사를 받아 잠시 당황한 기억이 난다. 대중 교통을 이용하여 서둘러 식장에 도착하고 보니 벌써 친구들이 식장 앞에 모여 있다. 코로나 사태로 인해 오랜만에 만난 고교 동창들과 인사하면서 마지막 친구에게 인사를 하고 돌아서려는 순간, 그 친구가 불쑥 말을 건넨다. "너 어디 아프냐?"라고 묻는다. 처음에는 정확하게 무슨 말인지 몰랐는데 제법 심각한 표정으로 다시 묻는다.

순간 당황했다. 동창이긴 하지만 서로 얼굴만 알고 그동안 왕래가 전혀 없었던 친구다. 당시 서로 마스크를 쓰고 있었다. 마스크를 쓰고 있어도 내 얼굴이 그렇게 안 좋아 보이는가 생각했다. "나 괜찮은데..."라고 자리를 옮기는데 또 말을 건넨다. "어디 많이 아픈 것 같은데...?" 사뭇 걱정해주는 표정으로 진지하게 말한다. 도저히 안 되겠다 싶어 "다들 마스크를 쓰고 있으니 너 역시 환자로 보인다" 그렇게 대꾸를 하니 그제야 눈치를 챘는지 그만 한다. 속으로 오랜만에 만난 사람에게 그렇게 할 말이 없는가 싶었다. 왜 그런 인사를 하는지 알 수가 없다. 그 친구는 배가 고프다면서 먼저 식당으로 훌쩍 가 버렸다. 황당했다. 그날 내내 '내 얼굴이 그렇게 안 좋아 보이나?'라는 생각을 하면서 거울을 다시 유심히 바라보기도 하였다.

"얼굴이 안 좋네, 어디 아파?"

생각 없이 내뱉는 말은 상대를 불편하게 한다. 진정으로 상대방을 생각하여 한 말이라면 함께 병원에 따라갈 정도의 성의는 있어야 한다. 그런 정도의 관계가 아니라면 섣부른 걱정과 위로는 오히려 상대방을 피곤하게 한다. 결혼식이 끝날 무렵 식당으로 자리를 옮겨서 식사를 하는데 바로 탁자 한 칸 건너 맞은편에서 그 친구가 혼자

식사를 거의 끝내고 있었다. 피로연 식당에서도 거리두기를 하여 유심히 친구의 얼굴을 살펴 볼 수 있었다. 무언가 본인의 상태가 좋지 않다는 것을 얼굴 표정이 말해주고 있었다. 굳이 근황을 묻지 않아도 알 것 같았다. 속으로 '네가 지금 힘들구나'하는 생각이 들었다. 얼굴 표정만 보면 금방 그 사람의 건강과 감정상태를 어느 정도는 읽어낼 수 있다.

그래도 섣불리 판단하고 오지랖 넓게 인사해서는 곤란하다. 얼굴이 좋아 보이지 않는 친구에게 인사를 할 때에도 "요즘 다이어트를 하는구나"고 할 수 있다. 사실 얼굴을 포함하여 신체와 관련된 인사는 긍정적인 것이 아니라면 하지 않는 것이 가장 좋다. 상대방의 좋은 점만 보고 인사하는 것이 좋다. 아니면 그냥 "야, 건강해 보인다"라는 인사만으로도 충분하다. 그러면 자연스레 친근감이 생기면서 대화를 이어갈 수 있다.

유쾌했던 경우도 있었다. 흔하지 않은 모임이 하나 있다. 보통 군대에서 제대한 후에는 다시는 군생활을 기억하고 싶지도 않다고 한다. 군에서 만난 동기나 선후배는 일부러 찾아서 만날 기회가 없다. 구태여 힘든 시절을 되돌아

보면서 힘든 추억을 함께 나누고 싶은 마음이 없을 것이다. 공군에서 사관후보생 시절에 5개월 동안 훈련소에서 함께 훈련을 받았던 동기들이 전역 후에도 정기적으로 모인다. 훈련 시절, 아침 구보와 산악 행군을 하면서 힘든 시간을 함께 보냈기에 오히려 친밀도가 높다.

정기적 골프 모임도 있다. 운동이 끝난 후 식당에 들어서면서 먼저 라운딩을 마치고 앉아 있는 친구들과 반갑게 인사를 나누었다. 그중 오랜만에 만난 한 친구가 나를 반긴다. 일찍이 중국에서 의류사업을 하여 성공한 동기가 웃는 얼굴로 말을 건넨다. "재균이는 항상 옷을 깔끔하게 입고 다녀..."라고 인사를 한다. 자리에 앉으면서 계속 말을 이어간다. "지난번에 운동하고 식사 모임에서 찍은 사진을 친구에게 보여주었더니 이 사람이 친구가 맞냐고? 다른 사람보다 젊어 보인다고..." 순간 약간 당황했지만 기분은 좋았다. 아니 그 날 하루 종일 유쾌했다.

그렇구나, 그냥 인사로 하는 말이라 할지라도 칭찬을 들으면 기분이 좋다. 호기심이 생겼다. 그 친구는 왜 유독 나를 보고 그렇게 생각했을까? 사진을 유심히 다시 보았다. 내가 그 사진에서 유일하게 웃고 있었다.

중고교 시절의 사진을 다시 꺼내 보았다. 그때는 왜 그렇게 인상을 쓰고 있었는지 지금 봐도 민망할 정도다. 표정에서 그 시절의 감정이 살아난다. 그 때는 즐거운 기억은 별로 없고 갈등과 혼돈이라는 단어만 떠오른다. 어릴 적의 사진부터 최근에 찍은 사진을 보면 얼굴 표정의 변화를 느낄 수 있다. 난 원래 잘 웃지 않았다. 어릴 적부터 남자는 울어서는 안 되고 감정을 절제하고 침착한 자세를 갖추어야 한다고 배웠다. 그렇게 감정을 절제하는 수준을 넘어 표정이 굳어져 갔다. 셀카를 찍어 보면 알 수 있다. 내가 얼마나 평소에 인상을 쓰고 있는지를, 사진에서 인상을 쓰고 있는 모습을 보고 바꾸려고 노력했다. 웃는 연습도 했다. 시간이 지날수록 차츰 밝아지는 모습을 확인할 수 있다.

"마흔이 넘으면 자신의 얼굴에 책임을 져야 한다"는 말이 있듯이 자신의 얼굴 표정을 관찰할 필요가 있다. 일단 웃는 얼굴이 좋다. 나이가 들수록 세월의 무게와 함께 중력의 힘에 의해 입꼬리가 밑으로 하염없이 처진다. 모든 게 심드렁한 표정이 된다. 물론 오래 살다 보니 세상에 더 이상 새로운 게 없을 수도 있다. 나름 득도했다는 사람도 얼굴 표정을 보면 알 수 있다. 아무리 세치 혀로 천상의 말을 할지라도 그 사람의 행동을 보면 진짜인지 가짜인지 구분할 수 있다. 그만큼 자신의 내면이 밖으로 드러나올 때는 속일 수가 없다. 얼굴 표정에 그 사람의 일생이 묻어나온다.

나이가 들수록 사회적 지위가 높을수록 얼굴에 표정이 없다. 학내에서 교수들을 대상으로 세미나를 하면 여실히 드러난다. 일단 얼굴에 호기심이 없다. 오늘 강사가 무슨 소리 하나 내가 한 번 들어나 줄게 라는 메시지가 얼굴에 드러난다. 감정표현이 익숙하지 않고, 웃는데 필요한 얼굴 근육을 사용하지 않았기 때문에 한결같이 표정이 없다. 습관이 되지 않았기 때문이다. 우리나라 특유의 유교 문화로 인해 감정을 얼굴에 드러내거나 말과 행동으로 표현하는 것은 경박하고 품위를 떨어뜨리는 일로 간주되곤 했다. 얼굴 근육도 제대로 사용하지 않으면 그대로 굳어진다. 나 역시 '난 원래 표정이 그래~'라고 넘어갔다. 어느 날 누군가 나를 찍은 스냅사진을 보고 화석처럼 굳은 내 표정에 깜짝 놀랐다. 그후부터 바꾸려고 노력했다.

웃을 때는 입 꼬리만 올리면 억지로 웃는 티가 난다. 눈이 웃어야 자연스럽다. 눈이 웃으려면 마음으로부터 즐거움이 있어야 눈까지 웃음이 지어진다. 즐거웠던 시간을 기억 속에서 불러낸다. 동네 뒷산 정상에서 아침 햇빛을 받을 때의 순간을 떠올리면 즐거운 기운이 올라온다. 그 순간을 일부러 생각한다. 그러면 마음이 편안해지면서 미소를 짓게 되고 즐거워진다. 몸과 마음이 서로 연결되면서 선순환의 흐름을 가져온다. 경험해보니 신기한 일이다.

얼굴의 움직임이 감정과 연결되어 있고 생각의 흐름은 감정과 연결되어 있다. 만약 내가 운전하다가 적신호에 정차한 상태에서 운전자의 졸음으로 뒷차가 내 차와 추돌했다고 가정하자. 순간 '오늘 재수 없는 날이야~!'라고 생각하면서 화가 치밀어 오른다. 그 순간에 '내가 그나마 다치지 않아서 천만다행이야' 라고 생각을 바꾸면 어느덧 감사한 마음이 생긴다. 감사한 마음이 들면 화가 더 이상 나지 않는다. 평상심으로 돌아온다. 이런 경험이 있지 않은가? 감사하는 마음도 뇌에서 세로토닌과 도파민 신경전달물질로 인해 보상회로가 작동한다.

『행복은 전염된다』의 저자이자 하버드 의대 교수인 니컬러스 크리스태키스는 이런 현상을 '얼굴 피드백 이론'이라고 한다. 얼굴 표정이 자신의 기분에 긍정적인 효과를 미칠 수 있다고 한다. "신경 회로가 뇌에서 근육으로 가는 원심성이 아니라 근육에서 뇌로 가는 구심성 경로이기 때문이다"라고 한다. 미소를 억지로라도 지으면 뇌로 가는 신경회로가 작동하여 실제로 즐거워진다는 뜻이다. 즐거워서 웃는 것이 아니라 웃으면 즐거워진다는 사실을 과학적으로 증명했다. 심지어 기분이 나쁠 때에도 미소를 지으면 도움이 되는 이유도 설명해준다. 그렇다. 얼굴에 미소만 지어도 효과가 있다. 소리 내어 웃는 '웃음 치료법'도 있으니 나의 경험이 근거 없지는 않은 것 같다.

글 역시 마찬가지다. 글은 오래 남고 전달력과 파급력이 강하다. 더구나 최근 소셜미디어의 발달로 그 영향력은 갈수록 커져가고 있다. 말은 글과 달리 휘발성이 강해 금방 공기 중으로 사라져 버려 본인도 자신이 한 말을 잊어버리기 일쑤다. 그러나 내가 쓴 글에는 항상 책임이 따라온다. 글을 쓰고 난 후 브런치에 발행하고 나면 더 이상 내 글이 아니다. 글에 대한 호불호 평가는 내 글을 읽는 독자의 몫이다.

다만 내가 쓴 글은 나를 한발짝 물러나 되돌아보게 하는 힘도 가지고 있다. 내가 쓴 글처럼 그렇게 행동하고 살고 있는지 되돌아본다. 얼굴 표정이 나의 상태를 표현하듯이 글은 끝까지 나의 내면을 추적하여 돌아보게 한다. 말과 행동이 다른 사람을 비난하듯이 글과 행동 역시 마찬가지다. 그 사람이 쓴 글과 다르게 행동하는 사람의 진실성은 더 이상 믿지 않는다.

'조고각하'라는 글이 떠오른다. 우리가 가끔 산사에 가면 법당이나 선방 앞에 조고각하(照顧脚下)라는 글귀가 쓰여 있는 것을 볼 수 있다. 신발을 벗어 놓는 디딤돌 위에 많이 쓰여 있다. 자기 발 밑을 비춰 보고 돌이켜 본다는 뜻이다. 글쓰기를 통해 조고각하를 다시 생각한다. 휘파람도 자주 분다. 흥이 나서 부는 것이 아니라 휘파람을 불면 즐거워진다. 억지라도 웃는 얼굴을 자주 하면 마음도 덩달아 즐겁다. 즐거워서 웃는 것이 아니라 웃다 보면 즐겁다. 육체와 정신은 서로 긴밀하게 연결되어 있는 불가분의 관계이다. 인간과 우주가 연결되어 있듯이 인간과 인간 사이의 정신과 영혼도 서로 연결되어 있다. "한 사람을 만난다는 것은 또 다른 우주와 접속하는 것과 같은 놀라운 순간이다"라고 말하지 않던가?

그 우주와 만나는 한 순간에 짧은 말이라도 상대방을 배려하는 마음이 담기면 서로가 기분이 좋다. 가까이 있는 가족은 물론이고 오랜만에 보는 사람에게도 웃는 얼굴로 긍정적인 말, 칭찬의 말, 격려의 말을 나누자. 본인은 걱정하고 위로해준다고 하는 말이 상대방을 불편하게 할 수도 있기 때문이다. "얼굴이 상했네, 무슨 일 있어?"라는 말보다는,

"야 오랜만이다, 더 멋있어졌는데~"라고 말이다.

배우는 방법 배우기

딸이 어릴 때 자전거를 타고 싶어해 가르친 기억이 난다. 공원에 가서 딸은 자전거를 타고 나는 뒤에서 안장을 잡으면서 갔다. 어느 정도 속도가 나서 내가 안장을 살짝 놓으면 아이는 계속해서 넘어졌다. 조금 쉬었다가 다시 반복해도 겁이 많아서 그런지 좀처럼 자전거를 통제하지 못했다. 얼마나 용을 썼는지 결국 코피가 터졌다. 딸은 그래도 다시 툴툴 털고 일어나 시작했다. 조금 속도가 나자 겁이 났던지 아이가 묻는다.

"아빠 꽉 잡고 있죠?"
"그럼~"

이 세상 모든 아빠들이 하는 거짓말을 하면서, 그 순간에 나는 이미 안장에서 손을 떼고 함께 뛰어가고 있었다. 마치 내가 잡고 있는 척하면서…. 얼마 있지 않아 아이는 계속 자전거를 잘 통제하였다. 어느 순간 내가 조금씩 속도를 줄이면서 자전거 안장과 멀어지자 그제야 아이는 내가 손을 놓았다는 사실을 알았다. 이미 자전거는 잘 가고 있었고 딸은 자신이 그것을 통제하고 있다는 사실을 몸으로 알았다. 아이는 회심의 미소를 지으면서 조금만 더 타고 가겠다고 한다. 벌써 주위는 땅거미가 내리기 시작하였다. 물론 힘은 들었지만 내가 한 일이라고는 뒤에서 살짝 도와주면서 스스로 몸으로 터득하게 한 것밖에 없다. 사람은 누구나 스스로 배우는 힘을 가지고 있다.

이 사실은 어릴 때 모국어를 배우는 과정에서 찾을 수 있다. 아이들이 태어나고 처음 옹알이를 하고 뭔가를 말하려는 과정을 되돌아보자. 아이들에게 말을 배우라고 누가 강요한 적이 없다. 아이는 스스로 말을 익히고 학습하려고 애쓴다.

일본 게이오기주쿠 대학에서 인지과학을 연구하는 이마이 무쓰미 교수는 『배움이란 무엇인가』 책에서 모국어를 학습할 때 아이들은 오로지 배우고자 하는 본능적인 욕구로 스스로 음률과 음소를 익히고 단어를 하나씩 배우기 시작한다고 한다. 저자는 태아 때부터 외부의 소리, 즉 엄마의 소리를 들으면서 모국어의 고유한 음률을 익히고 **생후 2년간 꾸준히 스스로 배우기를 멈추지 않는다고 하는 연구 결과를 얻었다.** 이렇게 스스로 배우면서 모국어를 습득한 어린아이들이 어느 날 주체적인 학습능력을 서서히 잃게 된다.

어이없게도 공교육이 시작되면서다. 유치원과 초등학교가 스스로 배우는 능력과 끊임없이 샘솟는 질문에 대한 욕구를 죽이는 역할을 하고 있다. 학습의 기본 요건이 '자율적이고 주체적으로 배우는 힘'이라는 사실인데도 오히려 잘 짜인 교육 커리큘럼에 의헤 아이들은 호기심을 잃어간다. 수동적인 학습을 할 수밖에 없는 환경에 놓인다. 자율적으로 배우고 자립하고자 하는 욕망은 불행하게도 공교육을 통해 점점 삶 속에서 사라진다.

다들 어릴 때 이런 경험이 있을 것이다. 오랜만에 큰 결심을 하고 스스로 공부하고 싶어 책상에 앉아 공부하다가 잠시 쉬는 그 순간을 엄마가 보고는 "너 공부 안 해?"라고 하면 갑자기 하고 싶었던 공부가 더 이상 하기 싫어진다. 자율성이 아닌 타율적이기 때문이다.

배움은 본인이 스스로 배우고 몸으로 터득해야 한다. 그 경험을 한 번이라도 해 본 사람은 배우는 그 자체가 즐겁다. 나도 자전거를 배울 때 처음으로 내 혼자서 페달을 밟으면서 나가던 순간을 잊지 못한다. 수영을 배우면서 스스로 물살을 가르면서 나갈 때, 그 순간의 성취감을 아직도 몸으로 기억하고 있다. 몸으로 배운 지식과 기술은 평생 잊지 않고 필요할 때 자동적으로 꺼내어 쓸 수가 있다. 뇌의 전두엽과 두정엽을 포함한 뇌심부에 있는 대뇌기저핵과 시상, 소뇌에 특화된 자동화 회로가 만들어지기 때문이다. 더 이상 뇌의 에너지를 사용하지 않고 그 기술을 수행할 수 있도록 신경회로가 저장된다. 예컨대, 운전에 익숙하면 더 이상 주저하지 않고 뇌의 각 부위에 축적된 기억과 절차들이 저장된 자동화 신경회로를 신속하게 꺼내어 사용할 수 있다. 절차적 기억이다.

특히 몸을 사용하는 수영, 골프, 자전거, 당구 등 모든 운동 종목이 이러한 뇌의 메커니즘을 활용하여 한번 익히면 평생토록 즐길 수 있게 된다. 그림을 그리고 피아노를 치는 등 예술 활동도 마찬가지이다. 심지어 치매가 심해져도 예술활동은 본능적으로 할 수 있는 경우를 많이 본다. 경험을 통해 몸으로 배운 절차적 지식은 오래간다. 학습을 통해 숙달되게 하는 것은 선생으로부터 설명을 들어 이해한 후, 모방을 하면서 그것을 실제로 본인이 훈련하면서 뇌신경회로와 몸의 근육 세포들이 일체가 되도록 하는 과정이다. 새롭게 구축된 신경회로를 몸으로 체득하는 과정이다. 이런 현상은 특히 외국어 습득에서 잘 나타난다. 인지적 학습인 독서와 글쓰기도 꾸준히 훈련하면 자동화 회로가 생성된다.

모든 학습의 숙달 과정이 동일하다. 운동을 배우는 과정을 살펴보자. 나는 수영을 혼자서 배웠다. 처음에는 수영을 잘하는 사람을 유심히 관찰했다. 그리고 따라서 해 보았다. 나중에는 유튜브에서 유명강사들의 체계적인 강의를 보았다. 영법도 고치고 터닝과 배형 스트로크를 혼자 배우면서 터득했다. 어릴 때 수영을 마스터한 딸과 함께 가끔 수영할 기회가 있으면 딸에게 '원포인트' 레슨을 받는다. 코피가 터지면서 자전거를 나에게 배웠던 딸이 이제는 나를 가르친다. 가르침과 배움은 서로 대를 잇는다. 차츰 수영 실력이 향상되고 있다는 사실에 스스로 뿌듯한 마음이 생긴다. 자신감이 생겼다. 이제는 즐길 수 있는 단계까지 왔다.

이제는 배우는 방법을 배우자.

왜 계속 배우고 싶은가? 배우는 과정에서 얻었던 기쁨이 아닐까 생각한다. 그럼 어떻게 배우는 것이 바람직한 방법인가? 어릴 때 자전거를 배우듯이 실패를 두려워하지 않아야 한다. 자전거를 처음 배울 때 얼마나 많이 넘어지는가? **가능한 많이 넘어지면서 스스로 몸으로 부딪쳐야 배울 수 있다.** 세상의 이치도 마찬가지다. 사람들은 실패를 두려워한다. 실패를 해야 자신이 무엇이 부족한지를 알 수 있다. 성공하기를 원하는가? 가능한 젊을 때 실패를 경험하라. 배움은 본인이 자율적이고 주체적으로 시작하고 실패를 거듭하면서 배우고 몸으로 터득하면서 배움의 즐거움을 맛볼 수 있어야 한다.

아이들이 공부를 잘 하길 원하는가? 요즘 코로나19로 인해 아이들이 학교에 가지 않고 온라인으로 수업을 듣고 있어 부모들이 불안해한다. 부모가 직접 아이를 감시하고 함께 수업을 듣기도 한다. 부모의 마음은 이해가 되지만 절대로 해서는 안 되는 학습 방법이다. 시간만 낭비하고 오히려 아이들의 학업 성취에 악영향만 끼친다. 지금껏 학교,

회사에서 수동적으로 배워서 남는 것이 있었던가? 특히 어릴 때부터 공부는 스스로 하게 해야 한다. 주위 환경에 휩싸여 불안해할 필요가 없다. 아이에 대한 무한한 신뢰와 기다림의 인내가 필요하다.

이제 우리는 평생학습이 필요한 시대에 살고 있다. 은퇴하고 난 다음에도 새로운 것을 배우고 연습하면서 두번째 인생을 살고 싶다. 공부에는 마침표가 없다. 어릴 때 자전거를 스스로 배우고 익힐 때 얼마나 즐거웠던가? 날아갈 것 같이 기쁘지 않았던가?

삶 자체가 끊임없는 배움의 여정이다.

남들을 감동시키려면 우선 자기 자신부터 감동하지 않으면
안 된다. 그렇지 않으면 아무리 뛰어난 작품이라도
생명이 길지 못하다.

- 밀레-

PART 4

어떻게 살아 갈 것인가?

처음에는 우리가 습관을 만들지만, 그 다음에는

습관이 우리를 만든다

존 드라이든

눈이 부시게 푸르른 날에는

3월 초, 아직 산속에는 겨울 뒷자락의 흔적이 남아 있어 황량함과 함께 스산한 느낌이 든다. 저 멀리 분홍색 진달래 꽃망울이 보인다. 갑자기 숲 속의 찬 기운이 따스하게 느껴지면서 봄이 왔구나. 마음속으로 감탄한다. 세상만물이 죽음에서 다시 생명을 얻으면서 숨 쉬는 부활의 시간이다. "존재의 수레바퀴는 영원히 굴러간다. 모든 것은 죽고 모든 것은 다시 꽃핀다"고 한 니체의 영원회귀가 생각나는 계절이다.

가까이 다가서 가만히 진달래를 들여다본다. 아직 꽃망울도 제대로 맺지 못한 가지 끝에는 연초록 새순의 기운이 올라온다. 그 속에 생명의 기운이 흠뻑 담겨 있다. 죽은 것처럼 보이는 연갈색의 단단한 가지에서 생명의 꽃이 숨쉬고 있다.

이 얼마나 놀라운지!

아직 꽃샘추위로 꽃망울을 터트리지 못하고 수줍어하는 모습으로 움츠려 있다. 새순 속에는 지난 추운 겨울의 눈보라를 견디고 다시 살아내려고 속에서 용트림하는 모습도 보인다. 이틀 만에 다시 찾았다. 산에는 그사이 분홍색 진달래가 꽃망울을 터트려 여기저기에서 축제를 벌이고 있다. 시인 장석주는 대추 한 알에도 "태풍 몇개, 천둥 몇개, 벼락 몇 개가 들어 있어서 붉게 익히는 것일 게다"라고 절묘하게 표현했다. 진달래도 저 꽃을 피우기 위해 지난 겨울의 추위와 눈보라를 견뎌냈을 것이다. 곧이어 목련, 개나리, 벚꽃, 철쭉과 함께 라일락 꽃 향기를 맡을 수 있겠다고 생각했다. 그러나 올해는 이상 기온으로 인해 한 순간에 모든 꽃이 피어 버렸다.

생명이 다시 시작하는 봄을 수없이 지나쳤지만 올해는 다른 느낌으로 다가온다. 예전에는 보이지 않던 꽃들이 자꾸 내 눈에 밟힌다. 무슨 꽃일까? 궁금해서 다가가 자세히

본다. 이쁘다. 이름이 뭘까? 꽃 검색을 통해 바로 알 수 있다. 간혹 재미있는 이름도 있다. 노란 나비가 풀잎에 살짝 앉은 것 같은 꽃이 '애기똥풀'이다. 귀여운 이름이다. 줄기를 자르면 노란 액체가 뭉쳐 있는 것이 마치 아기의 노란 똥처럼 보인다고 붙인 이름이다. 이름을 알고 나니 꽃이 다시 보인다.

사물의 이름을 안다는 것이 이렇게 의미가 달라지는구나. 그냥 길에 핀 들꽃이 애기똥풀이 되어 나에게 다가왔다. 김춘수 시인의 '꽃'이 생각난다.

내가 그의 이름을 불러주기 전에는
그는 다만
하나의 몸짓에 지나지 않았다.

내가 그의 이름을 불러주었을 때,
그는 나에게로 와서
꽃이 되었다.

수업시간에 학생의 이름을 부르면서 질문을 던지면 반응이 남다르다. 표정이 '어? 어떻게 내 이름을?' 어느 학생은 나중에 메일로 "제 이름을 기억해주셔서 놀라웠고 고맙습니다"라고 자신의 감정을 전한다. 갈수록 기억력이 떨어져서 어렵지만 학생이라는 대명사보다는 이름을 기억하고 부르려고 노력한다. 이름을 불러준다는 것은 자신의 존재를 인식하고 존중한다는 의미도 포함되어 있다. 나 역시 회의에 참석할 때 회의 진행자가 이름을 불러주면 남다른 호감이 드는 게 인지상정이다.

오늘도 개천 길을 따라 걷는다. 하늘색 짙은 줄무늬가 있는 작은 꽃들이 양지바른 곳에서 자신의 이름을 불러 달라는 듯 피어 있다. 긴 겨울을 견디고 봄을 알리는 파란 하늘색 꽃이다. 검색을 하니 이름이 개불알풀이다. 재미있다. 왜 이런 이름을 붙였을까?

원래 일본에서 개불알을 닮은 작은 열매가 달리기 때문에 붙인 이름을 한글로 직역하여 사용하였다고 한다. 보니까 진짜 닮았다. 최근에는 꽃의 아름다움과 맞지 않아 봄까치꽃으로 부르기로 하였지만 여전히 꽃 검색에는 개불알풀로 나온다. 오히려 더 정겨운 느낌이 든다. 조금 더 큰 것은 큰개불알풀, 줄기가 곧추서 있는 것은 선개불알풀이다. 재미있다. 유럽이 원산지이고, 꽃 수술 2개가 검은색으로 생겨 새의 눈처럼 보인다고 하여 서양에서는 '새의 눈'이라고 불린다고 한다.

흥미롭다. 나뭇가지에서 처음 올라오는 연초록의 새순과 꽃망울을 살짝 만져본다. 문득 갓난 아이의 통통하고 부드러운 발바닥이 떠오른다. 첫 아이가 태어나고 백일 즈음에 아이 발을 만지면서 감탄했던 기억이 난다. 어떻게 이렇게 보드라울 수가 있을까?

자연의 시간은 거스를 수가 없다. 생명의 흐름은 수천 년, 수 억만 년 전부터 끊임없이 순환하고 한 순간도 멈추는 법이 없다. 사람도 이 생명의 흐름에 예외일 수는 없다. 봄을 맞아 새 생명을 얻어 유년기를 보내고 에너지가 넘치는 청년기를 거쳐 삶의 의미를 찾는 중년의 가을을 거친다. 나 자신도 지금 가을을 지나고 있다. 다시 새로운 생명의 탄생을 준비하는 봄을 위해 난 곧 겨울을 맞을 수밖에 없다.

인간 역시 죽지 않으면 새 생명을 탄생시킬 수 없다. 운명이다. 꽃과 함께 인간의 생명도 시간 속에서 밀려 살고 쫓기면서 반복적으로 생사를 거듭하면서 흘러간다. 모든 생명은 이 순환의 굴레에서 벗어날 수 없다. 문득 뒤돌아볼 때 시간과 세월에 대한 가혹한 진실을 느낀다. 그럼에도 불구하고 영원회귀의 굴레 속에서 다시 생명의 문이 열리는 봄의 시간이 찾아온다. 생명의 기운이 진동하는 여름을 또 맞이할 것이다. 며칠 후, 그 자리에 다시 가니 벌써 잎새가 초록으로 확 바뀌었다. 얼마나 생명이 빨리 자라는지 놀라울 따름이다.

서정주 시인이 노래한 **"초록이 지쳐 단풍이 드는"** 가을도 찾아올 것이다. 강한 추위와 함께 눈이 내리는 기나긴 겨울도 오겠지만 지금 이 순간만큼은 눈이 부시게 푸르른 날은, 그리운 사람을 그리워하며 꽃들과 함께 하는 시간을 갖기를 원한다. 산에서 내려와 호숫가 벤치에 앉아서 산행을 하면서 찍은 사진으로 꽃 검색을 하다 문득 하늘을 바라보았다. 거기엔 눈이 부시게 푸르른 하늘이 있었다.

지금 이 순간, 살아 있음에 눈물이 핑 돌 정도로 감사하다.

은퇴 후 무엇을 할 것인가?

한 달에 한두 번 당구 모임이 있어 가끔 강남이나 수원에 있는 당구장에 간다. 강남에 있는 당구장 한쪽 벽면에 "xx고등학교 당구회 연례대회" 현수막이 어지럽게 붙어있다. 졸업한 지 수십 년이 흘러도 당구장에 와서 명문고 이름을 내세우길 좋아하는구나. 주중 늦은 오후 시간이라 주위를 살펴보니 현역에서 은퇴한 베이비부머다.

베이비부머의 시작인 1955년생이 65세가 되는 해가 2020년이었다. 나 역시 베이비부머 한 가운데 세대로 3년 후인 2025년에 은퇴한다. 내 주위에도 은퇴한 친구들이 많다. 자영업을 하던가 아니면 의사, 변호사, 교수를 포함하여 몇 명의 대기업 임원을 제외하면 모두 은퇴하고 제2

막 인생을 살고 있다. 누군가 베이비부머 세대를 3무 세대라고 한다. 할 것도, 갈 곳도, 거기에다 돈도 없는 세대라는 얘기다. 한국사회의 산업화와 민주화를 이끈 주역이자 앞만 보고 정신없이 달려온 세대는 이제 제 2의 인생을 준비해야 하는 전환점에 놓여 있다. 우리 또래는 줄 맞춰 일렬로 세우는데 익숙한 세대이다. 어릴 때부터 지켜본 내 주위의 친구들을 보면 두 부류의 그룹이 있다. 한 부류의 소수 집단은 성적으로 줄을 세워 보니 앞줄이다. 부모와 세상이 원했기 때문에 의사, 변호사 등 전문직으로 진출하여 자신의 성공과 경제적 안정을 얻기 위해 노력한 부류다.

나머지 대부분의 친구는 그냥 성적에 맞춰 대학과 학과를 선택하고 직장도 별 생각 없이 세상이 만들어 놓은 붕어빵 틀에 맞추어 들어가 나름 열심히 살았다. 나도 두 번째 그룹 중의 한 사람이었다. 초등학교에서는 콩나물 시루 교실에서 시달리고 앞선 세대와 달리 뺑뺑이 추첨으로 중고등학교에 입학하고, 대학에 들어갔지만 공부할 분위기가 전혀 아니었다. 범생들은 공부하고 소수는 독재정권에 항거하는 시위에 참가하고 그렇지 않으면 술집과 당구장에서 무기력한 청춘의 시간을 보냈다.

졸업 후에는 경제성장의 덕택으로 직장에 들어가 열심히 앞만 보고 일했다. 사회생활은 인간관계가 중요하다는 선배의 충고로 저녁에는 직장동료, 동종 업계 친구들과 혹은 고객 접대를 위해 부단히 술집에 출근 도장을 찍었다. 휴일에는 직장 동호회, 각종 동창회, 동기회 모임에 빠짐없이 참석했다. 머릿수가 많은 세대였기 때문에 그만큼 치열하게 경쟁하면서 살았다. 사회적 유동성도 컸던 시대라 성공할 기회도 많았다. 평생 직장인 줄 알고 들어간 회사에서는 정년도 되지 않아 **'명예퇴직과 노동의 유연성'**이라는 영광스러운 이름으로 쫓겨났다.

열심히 일하고 주어진 일에 최선을 다했을 뿐인데 회사와 집에서 모두 찬밥 신세이다. 선배세대로부터 어떻게 대처해야 하는지 배운 적도 없다. 사실 선배들도 모른다. 누구도 경험해보지 않은 전혀 새로운 도전과 환경에 놓인 세대이다. 나 역시 정년의 시간이 조금 연장되었을 뿐이지 마찬가지다.

무엇을 어떻게 해야 하나? 당구나 치면서 시간을 죽일 수는 없겠다. 가만히 생각해 보니 나 혼자 즐길 수 있는 것이 많지 않다. 예전부터 이력서 취미 칸에는 독서, 수영과 테니스를 썼다. 즐길 수 있는 취미가 다양하지 않다. 정말 혼자라도 시간을 보내면서 즐겁게 할 수 있는 일이 뭐가 더 있을까? 최근에 즐거움을 알아가는 산책과 산행을 넣는다. 뭘 배워볼까 생각했다.

그래, 요리를 배우자. 가끔 친구들끼리 재미 삼아 얘기하는 삼식이란 소리는 우스개로 들어도 언짢다. 가장 원초적인 본능인 밥 먹는 것까지 평생 아내에게 의존하는 것이 불편하다. 아내도 역시 마찬가지 심정일 것이다. 백화점 문화센터에서 제공하는 〈기초부터 잡아주는 왕초보 요리〉 프로그램에 등록했다. 매주 한 번씩 꽃게탕과 깻잎, 멸치조림 등 여러 가지 요리를 만들었다. 최근에는 이태리 요리 강습에도 참석하여 굴크림 파스타와 알리오 올리오 스파게티와 같이 다양한 이태리 요리도 배웠다.

2시간이 훌쩍 지나갔다. 직접 요리하니 만드는 과정이 재미있고, 끝나고 나면 가족들과 같이 즐기면서 먹을 수 있어 더욱 좋다. 아내의 평생 짐도 덜어주고 나도 홀로서기도 할 수 있을 것 같다. 양파와 파슬리를 썰고 꽃게의 몸통을 가위로 반 토막 낼 때는 아주 불편한 느낌이 든다. 그러나 직접 만든 해물탕이 보글보글 끓으면서 나는 맛있는 냄

255

새를 맡는 것은 신선한 경험이다. 식용유와 물의 양, 약한 불과 중간 불에서 끓는 차이, 레드 와인이 고기의 냄새를 어떻게 잡아주는지에 대한 것도 배웠다.

요리는 창조적 예술이다. 요리를 하려면 머리를 써야 한다. 창의력이 필요하다. 창의력은 시인이나 화가에만 필요한 것이 아니었다. 다양한 식재료를 먼저 알아야 한다. 그 많은 식재료를 어떻게 조합하여 맛과 향을 낼 것인가 생각해야 한다. 보기에도 먹음직스러워야 하니까 플레이팅도 신경 써야 한다. 미학적 감각이 필요한 시간이다. 한식에 어울리는 접시, 브런치용 접시, 정통 서양식 요리 접시, 포크와 나이프, 후식용 접시, 열거하면 끝이 없다. 요리에 맞는 와인잔과 맥주잔, 커피잔까지도 알아야 한다. 배움은 끝이 없다.

문화센터 수강생 중에 중년 남자는 유일하게 나 혼자다. 요리 강사가 어떻게 오게 되었는지 호기심을 가지고 물어본다. 나는 "홀로서기를 하려고 왔다"고 생뚱맞게 답했다. 사실 요리학원에서 배우는 특별한 요리보다 매일 먹을 수 있는 일상의 요리가 나에게는 더 필요하다. 당장 집 냉장고에 있는 식재료를 이용하여 지금 바로 먹을 수 있는 요리를 배워야 했다. 아내에게 도움을 청했다. 아내는 고맙게도 흔쾌히 응했다. 첫 번째 요리가 북어 떡만두국이다. 냉장고에 항상 식재료가 있기 때문에 언제나 요리해서 먹을 수 있다. 식재료를 모두 준비한다. 미리 뜯어 놓은 북어포, 떡국떡, 만두, 파, 참기름, 간장, 소고기 고명, 달걀이다. 먼저 냄비를 가스레인지에 올리고 불을 켜고 약간 데운 다음 참기름을 냄비에 넣는다. 북어포를 넣고 강한 불로 북어에 고소한 맛이 베이도록 볶아준다. 어느 정도 볶인 상태를 확인한 후 물을 붓는다. 여기서부터 질문이 생긴다.

"어느 정도 볶았는지 어떻게 알 수 있느냐?" 물었다. 북어 색깔과 향과 느낌으로 안다고 아내가 강조한다. 느낌? 시행착오를 많이 해 봐야 알 것 같다. 일단 물을 붓고 한참을 끓인다. 강한 불로 끓이다 떡을 넣어 떡이 부드러워질 때까지 끓인다. 이 과정에서 또 질문이 생긴다. "언제까지, 얼마나 끓여야 하지요?" 이제는 공손하게 묻는다. 아내 대답은 "물 색깔이 뽀얗게 될 때까지"라고 한다. 내가 확인해보니 색깔이 뽀얗게 될 때까지는 한참 시간이 걸리는 것 같다. 기다린다. 강한 불로 끓여 국물이 뽀얗게 우러나면 떡을 넣고 불을 낮춰 떡이 위로 떠오를 때까지 끓인다.

기다리는 사이에 파를 씻고 썰려고 하는데 아내가 깜짝 놀라면서 말린다. 내가 옆에 보이는 과일 깎는 칼을 쓰려고 하자 칼집에서 다른 칼을 건넨다. 생선을 다듬을 때, 과일을 깎을 때, 채소나 양파를 썰 때, 고기를 써는 칼, 심지어 빵을 자르는 칼도 보여주면서 설명한다.

'와? 칼 종류가 이렇게 많았어?' 감탄사가 절로 나왔다. 갑자기 초딩이 된 기분이다. 그동안 보이지 않던 것이 보이기 시작했다. 아는 만큼 보이는구나. 국물이 뽀얀지, 어떤지 정확히 분별할 수는 없지만 하여간 적당한 때 만두와 파를 넣었다. 간장을 넣고 간을 본다. 달걀로 줄알을 쳤다. 달걀을 잘 풀어서 한꺼번에 확 쏟아 붓지 않고 냄비 안을 돌아가면서 넣는 것을 그렇게 부른단다.

"예스 맴!" 어느새 선생님을 대하는 말투로 바뀌었다. 한소끔 끓은 뒤 불을 끄고 그릇에 담는다. 다음에 할 때도 쉽지는 않겠지만 혼자 충분히 해낼 수 있을 것 같다. 배우는 맛이 여간 쏠쏠하지 않다. 아내에게 된장찌게, 김치찌개, 두부조림, 가지볶음과 스페인 요리 〈감바스 알 하이요〉. 이스라엘 대표 요리인 〈샥슈카〉도 배웠다. 요리의 시작은 정리 정돈이고 요리의 끝은 설거지다. 준비와 마무리가 중요하다. 역시 끝이 좋아야 다 좋다. 아내에게 앞으로 식사 후 설거지는 내가 맡아서 하겠다고 겁도 없이 선언했다. 커피를 좋아하니 내년에는 <원두에서 커피까지> 코스를 수강할 생각이다. <이태리 인기메뉴> 프로그램에도 등록했다. 이번 겨울도 배우느라 바쁘겠다.

두 번째로 하고 싶은 일은 글을 계속 쓰고 싶다. 이 글을 쓰면서 결심했다. 누가 보든지 상관없이 내 생각과 마음을 글로 표현하고 싶은 열망이 생겼다. 스치며 지나가는 생각과 경험은 시간이 지나면 사라진다. 물론 글이라고 영원한 것은 아니지만 글을 쓰면서 순간의 기억을 잡을 수 있고 생각과 마음을 정리할 수 있다. 시간이 지난 뒤에 보면 감흥이 새롭다. 한편으로는 요런 생각밖에 못했나 하면서 부끄럽기도 하다.

마지막으로 건강이 허락하는 한 여행하고 봉사활동도 계속하고 싶다. 지금까지 국제회의에 참석하면서 여기저기 많이 다녔지만 출장으로 가서 휴일에 짬을 내어 여행하는 것과 모든 것을 떨쳐버리고 부담 없이 여행하는 느낌은 전혀 다르다. 홀가분한 여행을 하고 싶다. 국내를 많이 여행하려고 한다. 여행을 통해 다양한 경험을 할 수 있어 의미가 새롭다. 새로운 경치, 지방마다 특별한 요리, 다양한 생활양식을 가진 사람과 얘기를 나누면서 그 고장의 특유한 문화를 체험하기를 원한다.

또한 국제표준화기구(ISO)에서 물류기술분과 의장역을 하면서 국내 물류산업계를 대변하는 사회봉사활동을 계속하고 싶다. 올해 의장이 되었고 5년 임기에 한번의 연임이 가능하니 앞으로 최대 10년간 봉사할 수 있다. 내가 배우고 익힌 지식을 국내 물류산업뿐 아니라 국제사회에도 기여할 수 있는 좋은 기회이다. 세상을 조금이라도 어제보다 더 나은 곳으로 만드는 삶, 그 자체가 의미가 있지 않을까?

환갑을 지나면서 두 번째 인생을 산다는 마음이다. 불과 70년 전인 1950년대 전쟁기간의 우리나라 평균수명이 45세였다고 하니 말 그대로 두 번의 삶을 사는 것이다. 첫 번째 삶은 가족을 위해 살았다면 두 번째 삶은 나답게 살고 싶다. 수필을 쓰는 작가로 살기를 원한다. 글쓰기 시작한지 3년 6개월이 지났으니 맹탕 허당은 아니다. 글만 쓰면서 살 수는 없겠다. 요리, 골프, 수영, 피아노, 걷기를 계속하면서 삶의 생명력과 다양함을 느끼면서 살고 싶다. 배울 것이 하나 더 있다.

나에게 산행의 멋스러움과 초행길의 동반자를 배려하는 마음을 보여준 Y교수가 있다. 그는 산행을 가기 전에 미리 답사한 후 나에게 상세하게 설명한다. 둘이 산행을 갈 때 내 도시락까지 준비하여 산 정상에서 함께 나누어 먹을 때 참 고마웠다. 내가 미안해서 김밥을 싸가면 Y교수는 반찬을 정성스레 함께 갖고 온다. 단체로 갈 때는 바람이 많이 부는 것도 미리 알아내어 바람막이 텐트까지 준비해 꼭 필요한 때와 장소를 골라 텐트를 쳐 동반자를 감동시킨다.

겨울 산행을 함께 하면서 동반자를 배려하는 Y교수의 마음 씀씀이도 배우고 싶다.

나를 행복하게 만드는 길

탄천을 걷는 도중 누군가 배낭을 메고 자전거를 타면서 <내 나이가 어때서> 노래를 시끄럽게 남기고 내 옆을 '휘리릭~' 지나간다. 깜짝 놀랐다. 어떤 사람은 산길에 마주 오면서 노래를 들으라는 듯이 더 크게 틀기도 한다.

"세월아 비켜라,

내 나이가 어때서,

사랑하기 딱 좋은 나인데~"

지나치면서 속으로 '딱 보니 중늙은이인데 왠지 슬퍼 보인다'라고 혼자 생각했다. 요즘 말로 신중년이다. 최근에는 60~75세를 신중년으로 부를 만큼 육체적으로 젊고 건강하지만 생각은 꼰대인 경우가 많다. 나 역시 그 세대이다. 그래서 더 슬픈지 모르겠다. 의류업계를 비롯하여 자동차와 자전거 제조업, 스마트폰, 건강용품 산업에서는 구매력이 높은 신중년을 대상으로 공격적인 마케팅을 벌이고 구매를 부추긴다. <꽃보다 할배>라는 여행 리얼리티 프로그램 덕분에 코로나19 이전까지는 신중년을 위한 유럽 여행이 대호황을 누렸다. 기업에서는 효과적으로 마케팅 메시지를 전달하기 위해 "진정한 인생은 60부터"라는 말을 만들어 내고 있다. 과연 맞는 말일까? 물론 100세 시대를 애기하는 요즈음 상황에서 아직 30~40년 남은 여생을 고려하면 한 번쯤 생각해볼 만하다.

베이비부머 세대는 약 730만 명이라고 한다. 그 마지막 세대인 1963년생도 정년퇴직을 했거나 은퇴를 앞두고 있다. 일 밖에 모르고 살았던 55세, 60세 혹은 65세 사람에게 경제활동을 그만두도록 강요하는 정년제는 심리적, 의학적, 경제적인 측면에서 개인적인 상실감과 함께 사회적 낭비가 크다. 정년제는 일자리와 함께 규칙적인 일상까지 망가뜨리고 사회적 관계속에서의 정체성과 자존감마저 일시에 무너뜨린다. 그나마 젊은 시절에 취득한 공인중개사 자격증이라도 있다면 부동산 사무실을 열어 경제활동을 이어 나가는 것이 유일한 방법이다.

일본에서는 2014년, NHK를 통해 〈노후 파산〉이라는 제목의 프로그램을 방영하여 많은 사람의 관심을 받았다고 한다. 연금제도가 오래 전부터 정착되었지만, 일본 노인들은 인생의 마지막 몇 년 동안 병원에 입원하면서 과도한 의료비로 인해 파산하는 경우가 많다고 한다. 인생설계를 아무리 완벽하게 해도 치매를 비롯하여 중병에 걸리면 상황은 급격하게 달라진다.

일본에서는 '어떻게 오래 사느냐'가 아니라 '어떻게 건강하게 살다가 편안하게 죽는가'라는 것이 주요 관심사라고 한다. 바로 우리의 관심사이기도 하다. 결국은 건강 수명과 경제력이 가장 중요하다는 말이다. 보건복지부의 2020년 기준에 따르면 우리나라 신생아 기준 기대수명은 남녀 각각 80.5세, 86.5세로 OECD 남녀 평균인 77.9세, 83.2세보다 오히려 더 높다. 하지만 질병 없이 건강하게 사는 건강 수명은 2020년 기준으로 66.3세에 불과하다. 죽기 전에 거의 20년을 질병으로 고통받다가 죽는다는 뜻이다. 병원 신세를 지는 기간이 오히려 더 많아졌다는 말이다. 말년에 오랜 기간에 걸쳐 병원신세를 지면서 경제적으로 본인만이 아니라 가족이 함께 파산할 우려가 있다. 노후 파산은 일본만의 문제가 아니라 우리 코앞에 닥친 현실이다.

은퇴 후 어떻게 살 것인가? 스스로에게 질문을 던져본다. 현재 진행형 고민 중의 하나이다. 가장 가까운 친구의 귀농을 소개한다. 용산전자상가에서 컴퓨터 사업을 하던 친구는 사업을 접고 약 5년 전에 고향 거창으로 내려갔다. 부친이 남긴 700미터 고지의 선산을 개간하고 명이나물을 재배하여 매년 집으로 부쳐주었다. 친구는 거창으로 내려가기 전에 부인과 함께 산림청에서 주관하는 8~10주간의 산나물 재배 과정을 들은 후 약 2년간 계속 공부하면서 준비했다. 오래전 위암에 걸려 수술까지 하였지만 지금은 자연과 함께 지내면서 완전히 치유가 되었다. **'나는 산으로 출근한다'**라고 노래를 부르면서 제2의 인생을 거창에서 행복하게 살고 있다.

친구 얘기를 꺼낸 이유는 배울 점이 있기 때문이다. 최근에 도시에 살다가 은퇴하고 고향으로 내려가서 과일이나 농작물을 재배하면서 사는 사람들이 많아졌다. 그런데 어느 순간, 작황이 잘 되면 욕심이 생겨 무리하게 일을 벌이는 경우를 많이 본다. 이 친구는 한 해 작황을 더 이상 늘리지 않고 본인이 능력껏 재배할 수 있는 양만큼만 한다고 강조했다. 소유에 대한 욕망을 조절하는 모습이 보기 좋았다. 소일거리로 하다가 어느 틈에 그 일에 치여서 자신의 건강을 잃어버린 사례가 많기 때문이다.

또 다른 선배가 있다. 암에 걸려 치료를 위해 공기 좋고 살기 좋다는 속초로 갔다. 농사를 하다가 몸이 치유가 되면서 삶의 여유를 찾는 듯하였다. 그러나 어느 순간 힘든 농사보다는 관광객을 대상으로 숙박사업을 하는 것이 사업성이 있겠다고 판단하여 펜션을 짓고 영업을 시작하였다. 때마침 불어온 중국 관광 특수로 펜션을 더 키웠다. 결국 무리를 하다가 건강이 다시 악화되었다. 잠깐 자신을 돌아보지 않으면 원래 목적을 상실하고 소유에 대한 욕망이 생기면서 거기에 집착하게 된다. 집착에서 벗어난다고 만사가 해결되는 것도 아니다. 일상의 무료함으로 인한 권태가 찾아온다.

우리 모두는 집착과 권태의 늪을 오가며 허우적거리면서 살고 있다. 인간은 원초적으로 불안한 존재이다. 그 불안을 떨쳐 버리기 위해 무엇인가에 집착하기도 하고 다시 권태에 빠지는 악순환을 겪는다.

나를 돌아본다. 젊을 때는 경쟁에 스스로를 들볶았고 나이가 들면서 소유욕과 일에 대한 욕심으로 주위도 살피지 않고 일에 중독되었다. 돈은 살기 위한 수단이지만 어느새 삶의 목적이 되었다. 돈은 바닷물과 같아서 마실수록 갈증이 더 난다는 사실을 알았지만 통제가 되지 않았다. 때마침 불어온 외환위기로 외환시장이 붕괴되면서 주식시장도 한꺼번에 무너져 내렸다. 국가가 부도나고, 회사도 부도나고, 나도 함께 깊은 나락으로 떨어졌다.

다시 일어서기 위해 안간힘을 다했다. 결국 일어섰지만 허탈했다. 몸과 마음이 다 피폐해졌다. 집착과 권태 사이를 오가는 놀이동산의 바이킹을 타고 난 느낌이었다. 타고 있을 때는 짜릿한 쾌감이 있지만 내리고 나면 허탈한 그 기분 말이다.

세상에 없는 것이 세 가지 있다고 한다.

첫째, 공짜는 없다

둘째, 비밀이 없다

셋째, 정답도 없다

정답은 없지만 나름의 해법을 찾기 위해 노력했다. 20년 간 교육 현장에서 근무하니 서서히 매너리즘에 빠져들 즈음이었다. 권태라는 불청객이 찾아왔다. 강의와 연구 활동이 심드렁했다. 서예를 배우러 다니고 수채화 등 취미 생활에 몰두해 보려고 했지만 늦게 시작한 탓에 쉽게 빠져들지 못했다. 내가 해야 하는 일 혹은 남이 보기에 그럴듯한 일이 아니라, 내가 하고 싶은 일을 찾으려 다녔다. 세상이 좋다고 떠들어대는 욕망이 아니라 내가 원하는 일 말이다. 돈이 되지 않아도 좋다.

그것은 산행과 글쓰기였다. 걸으면서 육체를 건강하게 깨우고 글을 쓰면서 나를 돌아보는 시간을 가졌다. 그동안 혼탁했던 정신을 맑게 해주었다. 내가 해야 하는 것이 아니라, 못하면 견디지 못하는 일이었다. 산을 오르면서 흐르는 땀은 세상의 어떤 보약보다 효과가 뛰어났다. 심장이 힘차게 뛰는 소리를 들으면서 오르는 산행 중에는 노래가 절로 나온다. 주위에 사람이 없으면 윤향기의 〈나는 행복합니다〉를 작게 부르기도 한다.

행복하다고 노래하면 진짜 행복감이 충만해지는 것을 느낄 수 있다. 신기한 일이다. 육체와 정신은 따로 놀지 않는다. 육체의 활동이 정신을 조절하고 정신이 육체를 통제한다. 나와 아내의 건강, 노후준비, 자녀 진로 문제, 심지어 국내 정치 상황 등 항상 뭔가 불안하고 걱정스러운 마음이 앞섰다. 특히 뉴스는 대중의 불안을 먹고 사는 비즈니스이기 때문에 늘 불안을 증폭시켰다. 불안은 그 전염력이 대단하다. 어제 한 걱정을 오늘 또 계속해서 반복적으로 하는 나의 습관이 보였다. 그런 밑도 끝도 없이 솟아나는 불안이 어느새 사라졌다.

불안과 권태를 이기는 방법은 몸을 움직여야 가능하다는 사실을 깨달았다. 매일 걷고 짧은 산행을 했다. 산행을 하면서 내가 반복적으로 걱정하고 고민하는 쓸데없는 집착으로부터 벗어나기 시작했다. 혼자 걸으면서 생각하고 벤치에 앉아 메모한다. 글을 쓰면서 매일 나의 감정과 생각을 살핀다. 이 시간이 소중하다. 그렇게 하루를 시작하면 상쾌하다. 집착에 빠질 일도 권태로울 시간도 없다. 다시 처음으로 돌아가서 나에게 묻는다.

"나를 행복하게 만드는 길은 무엇일까?"

새로운 배움이다. 산행과 글쓰기를 즐기고 요리와 피아노를 배운다. 뒤늦게 배워서 재미있지만 능숙하게 되지는 않는다. 배울수록 나의 무지를 많이 깨닫는다. 그래서 배움에는 끝이 없는 모양이다. 배움은 삶에 변화를 주고 여가생활을 한층 고급하게 즐길 수 있게 해준다. 여건이 되면 정원 가꾸기도 배우고 싶다. 새로운 것을 배우지 않으면 나이가 들수록 생각이 더 고루해지고 오래된 나쁜 습관을 고치기가 어렵다. 죽기 전까지 호기심을 잃지 않고 배움을 멈추지 않아야 할 이유다.

오늘이 내 생애에 가장 젊은 나이이기 때문이다.

배움은 마침표가 없다.

무기력한 마음의 습관

EBS 교육방송이 요즘 상종가를 치고 있다. 코로나 사태로 인해 학교를 가지 못하는 초등학생부터 대학 입학을 준비하는 고등학생까지 EBS 방송을 본다. 교육 콘텐츠도 상당히 쓸 만하다.

나 역시 강의에 도움이 되는 다큐가 있으면 학생들에게 소개하고 강의 자료로 사용한다. 오래전, EBS 지식채널의 <실패가 두려운 당신에게>라는 짧은 동영상을 소개했다. 핀란드 대학 얘기다. 한때 잘 나가던 노키아가 무너지면서 핀란드 경제가 휘청거리고 많은 사람들이 직장에서 자리를 잃었다. 노키아의 몰락 후 핀란드 사람들은 도전과 실패에 대한 두려움이 덮쳐 기업자 정신을 발휘할 수 없었다. 그

와중에 핀란드의 대학 창업동아리에서 <실패의 날>을 만들어 실패한 경험을 공유하고 서로 위로하면서 그 두려움을 없애는 역할을 하였다. 실패의 날을 제정한 학생은 "하나의 성공 뒤에는 수많은 실패가 있었기에 기업가 정신을 되새기고자 실패의 날을 만들었다."라고 강조한다. 우리 역시 지금까지 성공신화에만 열광하여 그 뒤에 숨은 수많은 실패의 경험을 외면했다.

기업의 창업뿐만 아니다. 개인의 삶에서도 실패의 경험이 많다. 왜 소수의 사람은 실패를 극복하고 다시 일어서지만 대다수의 사람들은 실패를 반복하면서 더 이상 회복하지 못할까? 무엇이 실패와 성공으로 갈라놓을까? 우리는 건강을 위해 운동을 시작하지만 도중에 실패하고 자책감에 빠진다. 체중을 빼기 위해 식이요법을 시작하다가 도중에 딱 한 번 참지 못하고 과식을 하고는 한탄한다. '역시 나는 의지가 약해', '나는 뭘 해도 안 돼.'라고 자기 비하를 하고는 그만둔다. 작심삼일이다.

그런데 실패한 다음의 태도가 더 중요하다. 처음 시작할 때부터 성공하는 사람은 극히 드물다. 어떤 사람은 결국은 체중조절도 성공하고 운동습관을 들인다. 다수는 중도에 포기하고 다시는 시도하지 않는다. 스스로 '나는 의지가 약한 놈이야' 라는 꼬리표를 달고는 포기한다. 식이요법과 운동만이 아니다. 왜 그토록 많은 사람들이 빨리 포기할까? 그냥 포기하지 않고 '나는 원래 그래~'라고 꼭 딱지를 달면서 포기한다. 결코 그냥 포기하지 않는다. 자신에게 꼬리표를 붙인다. 그것도 아주 나쁜 꼬리표를 붙이고는 포기한다. 왜 그럴까? 그 이유를 심리학자인 웨인 다이어의 저서인 『행복한 이기주의자』에서 찾아보았다. 자신에 대한 성격 혹은 신체에 꼬리표를 달고 나면 더 이상 노력을 하지 않아도 스스로 변명이 되고 위로가 되기 때문이라고 강조한다.

"나는 내성적이고 겁이 많아",

"난 원래 운동신경이 둔해" 라는 꼬리표를 스스로 붙이면 나의 실패 원인을 모두 유전적인 탓으로 돌릴 수 있다. 내 탓이 아니라 조상 탓이 된다. "잘 되면 내 덕이고 못되면 조상 탓"이라는 속담도 있듯이 말이다. 중간에 쉽게 그만둘 수 있는 퇴로를 미리 만든다. 그렇게 하면 실패를 하고는 더 이상 노력할 필요가 없다. 나를 이런 꼴로 낳아준 부모 탓으로 돌리면 끝이다. 책임을 회피한다. 어떻게 해야 할까?

자신에게 붙이는 무기력의 꼬리표를 스스로 떼지 않으면 누구도 하기 어렵다. 남녀 간의 관계에서도 나타난다. 난 매력이 없어, 난 너무 뚱뚱해, 난 너무 키가 작아. 루저의 꼬리표가 따라다닌다. 그러니 '내가 연애에 실패하고 애인이 생길 수 없지'라고 자책감에 빠진다. 자신이 가진 강점이 있음에도 불구하고 약점만 도드라지게 생각하고 실패가 두려워 미리 면죄부를 스스로 발부한다.

　모든 불안에는 궁극적으로 실패에 대한 두려움이 똬리를 틀고 있다. 실패하고 난 다음 어떻게 그 실패를 대할 것인가에 대한 태도가 중요한 이유다. 나 자신이 꼬리표를 미리 달고 있다는 사실을 인지해야 한다. 어릴 적부터 마음의 습관이 된 것을 알아차려야 한다. 마음으로부터 오는 습관은 마음으로 고치기는 쉽지 않다. 노력은 하지만 오래 가지 못한다. 그럴 때는 몸짓으로 고쳐야 한다. 마음 수련을 통해 마음을 통제하기는 여간 어렵지 않다. 세상을 바라보는 마음의 태도는 몸과 상호 작용한다.

　내 경우에도 앉아 있는 자세에 문제가 있음을 알아차리고 어깨를 펴고 몸을 바르게 하면 마음까지 영향을 받는다는 사실을 알았다. 얼굴의 변화가 감정까지 변화시킨다. 행복해서 웃는 것이 아니라 웃으면 행복해지는 것과 같다. 고개를 숙이고 가슴을 웅크린 채 다니는 사람은 사회적 관계에서도 자신감이 떨어진다.

걸을 때도 마찬가지였다. 보통 자신의 걸음걸이를 본인은 잘 모른다. 내가 어떤 자세로 걷는지 알 수 없다. 나 역시 아내가 가끔 얘기를 하면 그제야 알 수 있었다. 허리를 뒤로 빼고 목은 앞으로 내밀면서 터벅터벅 걷는다고 지적한다. 오래 걷지 않아도 발바닥이 아프다. 허리와 척추에 힘이 들어가지 않으니 몸이 허우적거리며 걷는 현상이었다. 축 처진 자세는 뇌에도 영향을 미친다고 한다. 처진 자세를 취하면 자신의 감정에 확신을 갖지 못하고 더 부정적으로 생각하게 된다고 한다. 그 현상을 알고 나니 지나가는 사람들의 걸음걸이가 눈에 들어온다. 정말 별의별 형태의 걸음걸이가 있다. 얼굴 표정까지 보면 세상의 짐을 혼자 짊어지고 가는 사람이 눈에 많이 띈다. 남의 얘기가 아니라 바로 나의 걸음걸이였다. 문제를 해결하기 위해 일단 책을 읽었다. 먹물의 습성이다.

『걷기의 재발견, 병의 90%는 걷기만 해도 낫는다, 느리

게 걷는 즐거움』등 생각보다 책이 많았다. 걷기를 통해 육체적인 건강만이 아니라 정신을 고양시키는 글도 보인다. 헨리 데이비드 소로가 쓴 『걷기의 유혹』과 다비드 브르통의 『걷기 예찬』, 리베카 솔닛의 『걷기의 인문학』이 있다. 모두 걷기가 일상의 습관이 된 저자들이다. 나도 걸음걸이부터 바꾸기를 노력했으나 어느 순간 예전의 습관대로 걷고 있는 나를 발견할 때가 많다. 아주 사소한 행동이지만 일상의 습관이 된 자세를 바꾼다는 것이 결코 쉽지 않았다. 그럴 때마다 방법은 '알아차리기'다. 연습하는 길밖에 없었다.

먹을 때, 걸을 때, 말할 때마다 내가 어떻게 하고 있는지 알아차리는 것이 중요했다. 그래야 고칠 수 있다. 나를 객관화하는 능력이다. 물론 일상의 행동인 걷고, 먹고, 앉는 자세에만 적용되는 것은 아니다. 타인과의 대화와 나의 감정을 표현하는 과정에서도 중요했다. 다른 사람과의 소통 과정에서 불협화음이 생기면서 화가 날 때가 있다. 그런 경우에도 도움이 되었다. 특히 가장 가까운 관계인 아내와의 소통에서 훈련이 많이 된 것 같다.

걷는 자세가 이렇게 감정 조절까지 바꿀 수 있을까? 의심할 수도 있겠다. 걸으면서 내 자신을 의식하고 아랫배에 힘을 주고 척추를 세우고 시선은 정면을 보고 걷기 시작했다. 정말 희한하게도 그 다음부터 걷는 것이 힘이 들지가 않았다. 걷기 자세를 바꾸면서 앉는 자세도 교정해야겠다는 생각이 들었다. 예전 습관대로 삐딱하게 앉을 때마다 먼저 그것을 인식하도록 노력하였다. 그리고는 자세를 고쳐 허리를 펴고 똑바로 앉았다. 1~2시간마다 일어나서 몸을 움직였다. 그 효과가 나타났다. 작은 성취로 인해 다른 모든 일에도 자신감이 생겨나기 시작했다. 몸 자세를 바꾸어서 삶의 변화가 온다는 사실을 체험했다. 몸의 변화가 삶에 대한 태도를 바꾸어 놓았다. 사소하고 작은 일이지만 도전하고 실패를 통해 경험을 쌓는다.

몸의 자세 변화로 마음이 바뀌고, 그 바뀐 마음은 행동으로 이어진다. 결국 삶의 습관이 되어 인생을 바꿀 수 있다. 자신의 불안한 마음을 통제하기 쉽지 않다는 것을 우리는 경험으로 안다. 생각만으로는 머리만 복잡해진다. 사소하지만 중요한 행동 하나가 긍정의 신경회로에 신호를 주어 자존감을 높일 수 있게 한다.

하버드 비즈니스 스쿨의 에미 커디 교수도 TED에서 〈몸짓 언어(Body Language)가 여러분의 모습을 만듭니다>라는 제목으로 강연하였다. 비언어로 분류되는 얼굴의 표정과 몸의 자세로 우리는 타인과 소통한다. 굳이 이야기를 하지 않더라도 아내나 남편이 기분이 좋거나 혹은 슬픈지를 판단할 수 있다. 비언어는 타인과의 소통뿐만 아니라 자신의 감정에도 절대적인 영향을 미친다고 강조한다. 감정이 우울할 때 일부러라도 스트레칭을 하고 자세를 활기차게 하면 감정의 상태도 긍정적으로 바뀐다는 놀라운 사실도 발견했다. 마음이 울적할 때 혹은 웃을 상황이 아니더라도 일부러 입 꼬리를 올리고 웃기 시작하면 감정도 따라서 변한다. 얼굴 표정도 평소 습관에서 결정된다.

인생에서 작은 도전을 하면서 실패하기도 하지만 성공의 경험도 맛보아야 한다. 아주 작은 도전이 도움된다. 눈으로 확인할 수 있는 작은 성취를 맛보아야 한다. 얼굴 표정 또한 마찬가지다. 항상 얼굴을 찡그리고 있는 사람은 결코 행복할 수 없다. 자신에게 달린 부정적이고 무기력한 꼬리표를 떼는 방법은 의외로 간단하다.

작은 도전에 실패할 때 오히려 기뻐해야 한다. 돌이켜 무엇이 걸림돌인지 알아차려야 한다. 어떻게 해야 극복할 수 있는지. 머리로만 생각하면 오히려 더 혼란스럽다. 몸으로 실천해야 한다. "나라의 정치를 걱정하기 전에 어질러진 자신의 방부터 치우라"는 말이 있듯이. 지구의 기후변화를 논하기 전에 일상에서 분리수거부터 철저히 해야 한다. 회사의 흥망성쇠를 걱정하기 전에 회사 내에서 매일 주식동향을 쳐다보지는 않았는지 돌아보아야 한다. 어깨를 펴고 자세를 꼿꼿이 하고 걸어라.

무기력한 마음의 습관은 어느새 사라지고 긍정의 습관이 몸에 베이기 시작한다. 몸과 마음은 결코 떨어져 있지 않다. 어느새 마음에 자신감이 생기고 평안이 찾아온다. 무엇이든 할 수 있을 것 같은 자기 효능감이 생긴다. 내가 지금 무엇을, 왜, 어떻게 하고 있는지 알아차려야 한다. 결국은 나를 알아가는 길이다.

한번 같이 해 보지 않으려는가?

코로나 펜데믹이 끝나면 다시 행복할까?

　여전히 우리는 코로나로 인해 사회적 거리두기를 하고 있다. 우리만 고통을 받는 것이 아니라 전 세계적으로 공황상태이다. 신종 바이러스는 초고속으로 전 세계로 퍼졌다. 델타 변이를 거쳐 오미크론 변이까지 말 그대로 순식간에 전 세계가 전염되었다. 그나마 사회적 거리두기와 마스크 착용으로 어렵게 통제되고 있던 상황을 다시 뒤집어 놓았다.

　바이러스만 초고속으로 전파되는 것이 아니라 삶 자체도 초고속 시대를 살고 있다. 5G에 초당 기가바이트 속도로 데이터를 모바일 단말에 전송한다. 대한민국 국민은 첨단의 기술 트렌드에 빨리 반응한다. 구글과 같은 글로벌 테

크기업이 사용자 반응을 확인하기 위해 시험하는 장소로 한국을 최우선으로 선택하는 이유다. 이렇게 빠르고 효율성만을 추구하는 것이 과연 일상의 삶에서 행복을 가져줄까? 초고속 열차를 이용하면 서울에서 조찬모임을 하고 부산에서 거래처와 점심을, 다시 저녁을 서울에서 가족과 할 수 있다. 시간을 단축시켜 좋긴 하지만 가끔은 뭔가를 잃어버린 것 같은 느낌도 든다. 창 밖을 구경하려면 터널로 들어가 버리고 여행의 운치를 느낄 겨를도 없다. 식당칸에서 커피 한잔을 마시거나, 지나다니는 판매원에게 오징어를 사서 먹으면서 창 밖의 경치를 음미할 겨를도 없다. 얻는 게 있으면 잃는 것도 있는 법. 빠른 속도감으로 시간의 효율성에 만족할 때 분명히 또 다른 삶의 정서를 잃어버리고 있다.

기술의 발전으로 인한 초고속 속도만큼 개인의 욕망도 덩달아 빨라지고 거칠어지고 있다. 초고속으로 살다가 어느 순간 세상의 흐름이 정지되었다. 코로나19로 인해 한순간에 모든 것이 얼어붙었다. 가장 속도가 빠른 하늘 길부터 막히기 시작했다. 삶의 속도를 한꺼번에 멈추게 했다. 새벽같이 일어나 출근하는 시간에 느긋하게 일어나 아침을 먹고 재택근무를 하게 되었다. 대학에서 학생과 교수는 온라인 강의를 통해 집에서 강의하고 수강하게 되었다. 평소에 불가능하다고 외면했던 재택근무와 비대면 강의가 2년 가까이 진행되고 있다.

세상이 갑자기 천천히 돌아가기 시작했다. 처음에는 집에서 강의하고 근무하는 것이 왠지 어색했다. '제대로 돌아갈 수 있을까'라는 의문이 들었다. 하지만 습관이 되고 나니 전혀 문제가 되지 않았다. 사람들은 늘 그랬듯이 새로운 환경에 적응하면서 살아가고 있다. 생활양식이 바뀌었다. 낮에도 아이들과 함께 공원을 찾는 젊은 부부들이 많다. 다들 한가로이 걷는다. 산책을 하면서 한가로움을 누리고 있다. 코로나 팬데믹으로 인해 삶의 양식에 변화가 왔다. 오히려 전화위복이 되었다. 그동안 남보다 바쁘고 빠르게 달려 온 삶을 돌아볼 좋은 기회가 되었다.

느려진 삶 속에서 지나온 나의 욕망을 되돌아 볼 수 있는 시간을 가졌다. 우리는 나름대로 삶을 주도적으로 살아가고 있다고 생각한다. 스스로 직업을 선택하고 직장에서도 열심히 일하면서 내 마음껏 먹고 마시고 행동할 수 있다. 그것 만으로 삶의 주인으로 살고 있다고 자신할 수 있을까? 나 역시 남부럽지 않게 살기 위해 밤낮을 가리지 않고 공부하고 일했다. 미국에서 박사학위를 받았지만 기쁨은 그 순간뿐이었다. 약 일주일이나 효과가 있었을까? 또 다른 욕망이 기다리고 있었다. 내면의 성숙함은 키우지 못하고 타인의 평가와 권력을 향한 의지였다. 니체가 주장했던 자신을 초월하려는 힘이 아니라 타인을 통제하려는 권력이었다.

돈을 벌고 사회적 지위가 올라가면 명예도 얻고 행복해질 줄 알았다. 사회적 위계질서의 상층부 사다리로 올라가기 위해 더 노력해야 했다. 아침이면 조찬모임에 가서 강의 듣고 창투업계 리더도 만나면서 바쁘게 지냈다. 젊은 나이에 기사가 있는 자동차를 타고 동창 모임에 가면 부러움과 질투의 시선을 한꺼번에 받았다. 그 사다리의 꼭대기는 끝이 없었다. 그곳에는 항상 나보다 더 잘난 사람들이 많았다. 그들이 자신의 권력과 부를 자랑하면 나는 속으로 기가 죽는다. 비교 대상이 높아짐에 따라 현재에 만족하지 못하고 욕망은 더 커졌다.

결코 채워지지 않는 욕망이었다. 마음속 깊은 곳에서 이건 내가 바라는 삶은 아닌데? 회환이 밀려왔다. 행복을 느낄 시간조차도 없다. 주말 마저도 남이 정한 스케줄에 이

끌려 골프장으로 단체 산행으로 마치 멍에를 멘 소처럼 끌려 다녔다. 내가 누릴 수 있는 시간까지도 남에게 헌납했다. 조용히 생각할 시간이 없었다. 아니 마음의 여유가 없었다. 사다리에 높이 올라갈수록 내가 통제할 수 있는 시간은 점차 줄어들었다. 시간이 줄어들면서 마음까지 조급하고 여유가 없었다. 내 마음대로 계획대로 되지 않을 때는 직원을 다그쳤다. 지위를 이용하여 갑질을 한 것이다.

마흔을 바라보는 나이에 IMF 환율위기를 겪었다. 결국은 한방에 사다리에서 떨어졌다. 모기업이 부도가 나고 얼마 되지 않아서 직장에서 쫓겨났다. 갑자기 맨바닥에 '쾅' 떨어졌다. 높이 올라갈수록 추락하는 고통은 더 컸다. 그 아픔을 잊기 위해 골프와 술로 시간을 보냈다. 하지만 고통은 그대로 차곡차곡 마음 깊은 곳에 쌓여갔다. 시간이 지날수록 더 이상 피할 수가 없었다. 부양할 어린 딸들과 가족이 있었다. 이 시련에 직면해야 했다. 심각하게 고민했다.

내 삶이 왜 이렇게 망가졌을까? 어디서부터 잘못되었을까? 앞으로 어떻게 살아갈 것인가? 내가 제대로 살아가고 있는 걸까? 내 삶의 의미는 무엇이지? 다시 생각했다.

산책을 하면서 지난 과거를 돌이켰다. 내가 바라는 욕망이 무엇이었는지 돌아보았다. 그 욕망은 채워도 끝이 없다. 나의 욕망을 한 꺼풀 벗겨보면 사실 내가 원했던 것도 아니었다. 부모, 사회, 타인이 원했던 것이었다. 나의 목마른 갈증에 다른 사람 목에 물을 부은 격이다. 그러니 내 목마름은 결코 가시지 않았다. 자본주의 극단을 살고 있는 나와 우리의 현실이다. 자본과 권력이 만들어놓은 사다리에 올라가기도 어렵고 한번 추락하면 회복할 길이 없다.

패자 부활전도 없는 세상에서 어떻게 살아가야 할 것인가? 우리가 욕망하고 있는 것은 무엇일까? 돈, 권력, 명예, 학벌, 외모, 직업, 지위, 직장 등이 있다. 이것들은 모두 눈에 보이지 않게 수직적으로 서열화되어 있다. 일등은 추락하지 않기 위해, 이등은 일등을 따라잡기 위해, 상층에 있는 사람은 최상층에 있는 사람과 비교하면서 더 넓은 집에 더 좋은 차를 타고 더 많이 벌기 위해 항상 타인과 비교하면서 살아간다. 중산층도 마찬가지 이유로 불행하다. 무한 경쟁의 정글 사회다. 이런 구조는 어릴 때 교실에서 이미 학습하여 내면화되어 있다.

내 기억에 중학교 배치고사를 치른 후, 일등부터 꼴찌까지 순서대로 반을 편성했다. 한 반에 누가 일등이고 꼴등인지는 시간이 조금 지나면 누구나 다 아는 비밀이 되었다. 고등학교에 올라가니 아예 대놓고 특설반을 만들고 책상을 일등부터 꼴찌까지 순서대로 배치했다. 일등 옆에는 꼴찌를 앉혔다. 옆에 잘하는 친구를 보고 배우라는 심오한 교육적 배려와 함께. 어느 틈엔가 동기부여가 된다는 미명하에 일등부터 육십 등까지 계단참에 크게 이름표를 붙였다. 어린 시절에 겪은 우리의 현실이었다. 지금 생각하면 야만의 시대를 살았다. 수직적 위계사회의 무한경쟁에서 이긴다는 사실이 얼마나 중요한 일인지 누가 말을 하지 않아도 몸으로 느꼈다. 어릴 때부터 학습하여 무의식 속에 들어앉아 있다. 이렇게 모두가 불행한 사회를 만들었다. 지금도 교육현장에서는 그 야만의 시대를 그대로 재현하고 있다. 안타까운 일이다.

나 역시 사회적 위계의 사다리 높이 올라가서 돈을 벌고 명예를 가지면 행복하게 살아갈 줄 알았다. 이 욕망과 위계의 사다리에서 내려오려면 삶의 태도를 바꾸어야 한다. 내가 진정으로 원하는 욕망을 솔직하게 보는 힘이다. 자본주의 세상에 사는 우리는 시간과 돈을 노동시장에서 서로 교환해야 한다. 돈을 많이 받을수록 내 시간을 그만큼 반

납해야 한다. 세상에 공짜는 없으니까. 내가 하고 싶은 일이 아니라 회사에서 해야만 하는 일에는 보람을 느낄 수 없기에 일상의 시간은 한없이 늘어지고 권태에 빠지기 쉽다. 무기력한 상태를 해소하기 위해 알코올, 일, 섹스, 쇼핑, 게임중독에 빠지는 경우도 많다. 중독에 빠지는 이유는 무엇일까? 권태와 불안이다. 뇌에서 도파민이 나오면 권태와 불안으로부터 빠져나와 순간적으로 쾌락을 즐길 수 있기 때문이다. 쾌락이 지나고 나면 다시 권태에 빠진다. 무한반복이다. 결국에는 절망으로 치닫는다. 끝도 없이 무한반복되는 권태와 불안을 해소하려면 어떻게 시간을 보낼 것인가?

몇 년 전부터 글을 쓰면서 몰입의 즐거움을 찾았다. 그동안 알지 못했던 방식이다. 글을 쓰는 동안에는 시간이 언제 흘렀는지 모르게 지나갔다. 글을 쓰면 질문이 꼬리를 물고 떠오른다. 호기심이 계속 생기고 그것을 알기 위해 이것 저것 책을 뒤진다. 그 과정에서 뇌에서는 중독 때와 같은 도파민과 엔도르핀, 행복 호르몬인 세로토닌이 적절하게 방출되어 계속 반복하게 만든다. 보상의 메커니즘은 같다.

결국 코로나19 팬데믹도 언젠가 우리에게서 멀어질 것이다. 그날이 오면 우리는 예전의 일상으로 돌아가서 다시 행복할 수 있을까? 아니 코로나19 이전에 우리는 과연 행복한 삶을 살았던가? 지금까지 미루었던 해외여행을 하고 보복 소비를 하면 다시 행복해질 수 있을까? 어려운 시간을 겪으면서 다시 생각하게 되었다. 가족과 친구는 떨어져 있으면 더욱 소중한 존재라는 사실을 깨닫는다. 우리는 늘 부재를 통해서 그 귀중함을 깨닫는다.

내일의 행복을 위해 오늘의 소중한 시간을 남의 욕망에 따라 살아가는 어리석음을 돌이킨다. 생의 우선순위가 무엇인지 고민한다. 지금까지 소중한 시간을 남에게 내주면서 자발적으로 노예생활을 하고 있었던 것은 아닐까? 빠르게 변하는 세상에서 가끔은 천천히 걸으면서 생각할 시간이 필요하지 않을까?

삶의 속도와 함께 삶의 의미도 다시 생각해본다.

존엄한 죽음을 생각하며

코로나로 인해 재택근무가 지속되고 비대면 강의도 계속된다. 개인이나 나라가 힘들 때는 뒤를 돌아본다. 어디서부터 무엇이 잘못되었을까? 내 삶을 돌아본다. 인간답게 산다는 게 도대체 무엇일까?

우리는 아무것도 모른 채 태어나서 어디로 가는지 길을 찾아 헤매다가 결국 이승을 떠난다. 부인할 수 없는 우리의 실존이다. 이 사실을 자각하면 인생에 대한 질문을 던지지 않을 수 없다. 우리는 태어나 말을 배우기 시작하면서 질문하기 시작했다. 그 많았던 질문은 어느 순간 멈춘다. 주위 사람들이 질문을 잊은 채 살아가는 모습을 보면서 함께 질문을 잊어버린다. 원래 남들처럼 저렇게 사는 것이라고 속으로 되새기면서 살아간다. 왜 살아야 하는지도 모르면서 그냥 살아간다. 아무것도 모르는 무지에서 시작하였기에 그 무지에서 벗어나기 위해 끊임없이 질문하고 노력한다. 어떻게 살아야 하는지에 대한 정답은 없지만 아름답게 살다가 간 한 사람을 소개한다.

Maud Lewis라는 캐나다 여성 화가의 실화를 그린 영화 <내 사랑>이 있다. 어릴 때 턱의 발달이 멈추면서 성장이 느려지는 장애가 있는 Maud는 숙모 집에 얹혀살았다. 혼자 사는 거칠고 폭력적이기까지 한 남자의 가정부로 들어가 허드렛일을 하고 틈이 나면 집안의 벽과 창문에 그녀의 감성으로 그림을 그리기 시작했다. 결국 둘이 결혼식까지 올렸다.

죽는 날까지 Maud는 어려운 환경에서도 자신이 좋아하는 그림에 열정을 담아 매일 그리는 것에서 삶의 의미를 찾을 수 있었다. Maud가 급속히 몸이 쇠하면서 병상에서의 마지막 순간에 남편에게 "나는 사랑을 많이 받았다."라고 고백하는 Maud의 얼굴에서 인간의 존엄을 느낄 수 있었다. 죽어가는 순간에도 품위를 지키면서 "사랑했다"는 말을 남기고 마지막 숨을 거두는 모습에 나도 모르게 코끝이 찡했다. 자신이 좋아하는 일을 발견하고 거기에 몰입하면서 살아가는 것이 우리가 이 세상에 온 존재의 이유가 아닐까?

현대의학은 환자를 살리는데는 노력했지만 어떻게 존엄하게 죽을 수 있는지에 대한 고민은 하지 않았다. 의학은 인간이 품위있게 생을 정리할 수 있는 기회를 빼앗고 오히려 피폐하게 죽음을 맞게 하는 도구가 되어 버렸다. 존엄하게 죽는다는 것은 무의미한 연명치료가 인간의 존엄성을 해친다는 것을 의미한다. 존엄사는 인공호흡기 등의 장치로 연명하고 있는 회복불능의 환자에게서 장치를 제거해 죽음에 이르게 하는 것이다. 2009년 선종한 김수환 추기경도 이런 방식으로 삶을 마감했다. 무소유를 설파한 법정스님은 마지막 가는 길에 본인이 쓴 모든 저서에 대해 "더 이상 출간하지 말고 사리를 찾지 말고 부도비도 세우지 말라"고 부탁하면서 무소유의 삶을 마무리했다.

나의 마지막을 지켜볼 아내와 가족에게 미리 부탁한다. 유언장에도 쓰겠지만 나는 가능하다면 집에서 가족들이 모인 가운데 마지막 시간을 맞이하고 싶다. 우리는 집으로 방문하는 홈닥터 제도가 없어 현재로서는 불가능할지도 모르겠다. 내가 만약 의식이 없는 상황에서 치료 목적이 아니라 삶을 의미없이 연장하기 위해 인공호흡기를 달아야 하는 상황이 온다면 나의 의사를 반영하여 단호하게 거절하길 바란다. 사전연명의료의향서를 작성한 이유도 무의미한 연명치료는 받고 싶지 않기 때문이다.

혹시 말기암으로 진단이 나고 더 이상 치료의 효과가 없다면 양질의 호스피스 병원에 입원시키길 바란다. 지금은 호스피스 병실이 턱없이 부족하지만 앞으로 나아질 것으로 본다. 적절한 진통제를 사용하여 통증과 고통을 줄여 얼마 남지 않는 삶을 평안하게 마무리하고 싶다. 그것이 가족을 위하고 나를 위한 최선의 길이라 믿는다. 호스피스 입원비와 간병비는 자식들에게 부담이 되지 않도록 미리 준비할 테니 상황이 되면 입원을 하는 것이 좋겠다. 사후에 안구를 기증하길 원하니 가족이 동의해 주길 바란다.

장례식은 부고를 내지 말고 오로지 가족과 아주 가까운 친구만이 모여 치르길 바란다. 참석할 명단은 나중에 따로 준비하겠다. 부모님 장례식을 치르면서 마음 속으로 다짐했다. 조문객을 맞이하느라 바빠서 정작 고인에 대한 추억과 위로를 함께 할 시간을 놓쳤기 때문이다. 장례식에는 내가 좋아하는 음악을 틀어주면 좋겠다. 포스메가 남성 합창단이 부르는 <본향을 향하네>를 듣고 싶다. 우리 모두는 인생의 거친 들에서 잠시 머물다 본향으로 돌아가는 나그네의 삶이란 걸 다시 느낀다. 백건우가 연주한 쇼팽의 <녹턴>과 <발라드> 전곡을 들려주면 더할 나위없이 고맙겠다.

매장보다는 화장을 하고 납골당에 안치하는 것보다 자연으로 그냥 돌아가고 싶다. 현실적으로 어렵다면 수목장으로 하면 좋겠다. 내 기일이 오면 내가 남길 유산 중 일부를 별도로 남겨 놓을 테니 그것으로 가족들이 함께 만나 즐겁게 식사할 수 있는 시간을 가졌으면 한다. 그 시간에 내가 생각나면 서로 웃으면서 옛추억을 떠올리면 더 좋겠다.

생은 나의 의지와 관계없이 주어졌지만 죽음의 의식만은 최소한 나의 선택에 의해 치루어졌으면 하는 바램이다. 내게 주어진 삶은 귀중한 선물이었고 즐겁게 소풍 왔다가 다시 원래의 자리로 돌아가는 과정이라 생각한다. 죽음이 있기에 한 번뿐인 지금의 삶이 소중하다는 것을 다시 한번 생각한다.

두 번째 삶

산을
생명의 산을
오른다

봄꽃이 지는 날
벚꽃이 눈처럼 내리던 날

꽃눈을 밟으면서
처연한 마음으로
산을 오른다

시련의 고개를
가쁜 숨을 몰아 쉬며
삶의 고개를 오른다.

오늘도
헐떡이는 숨을

몰아 쉬는
그 순간

머리 속은
텅 빈 채

온 몸으로
숲 향기가 밀고 들어올 때

그 순간만이
온전히 살아있다는

느낌이 드는
존재의 시간

나와 함께
숨쉬는 산

두 번째 삶의 고개를
오른다.

에필로그

"나이는 숫자에 불과하다" 라는 말을 자주 듣는다. 듣기는 좋지만 그 말대로 실천하기는 어렵다. 젊은 시절, 나이가 들면 자연스레 지혜롭게 행동할 줄 알았다. 나이가 들수록 더 고집스럽고 습관적으로 행동하는 나 자신을 보았다. 자신을 돌아보지 않고 노력하지 않으면 저절로 몸과 마음이 굳어진다. 그래서 지난 4년간 몸을 움직이면서 내 삶의 양식을 바꾸는 실험을 했다.

누가 시키지도 않았는데 즐거운 마음으로, 가끔은 혼자 끙끙거리면서 글을 썼다. 글을 쓰면서 새삼 의식 밑에 있는 기억이 꼬리를 물고 올라오는 경험도 했다. 글을 써 나가면서 나의 기억과 생각이 정리된다는 느낌이 들었다. 글쓰기 플랫폼인 브런치에 글을 올린 후 독자들의 반응과 공감의 표현도 좋았다. 책상에 앉아 본격적으로 글 쓰는 습관을 들인지는 3년이 흘렀다. 책상 앞에 조용히 앉아 기억을 더듬는 그 순간이 좋았다. 소파에 뒹굴거리며 누워서는 이런 생각이 떠오르지 않았다.

우리는 인생의 대부분을 쓸데없는 생각과 하나마나 한 잡담으로 보내고 있다. 어제 한 걱정을 오늘 또 하면서 불안해하고 그 불안을 해소하기 위해 잡담과 잡기로 시간을 죽이면서 산다. 매일 산을 오르거나 산책하는 순간은 다르다. 내게 얼마나 감사할 일이 많으며 앞으로 어떻게 살아갈 것인지에 대한 질문이 떠오른다.

홀로 걷고 몸을 움직이면 긍정의 생각들이 떠오른다. 나는 도대체 어디서 왔다가, 무엇을 하고, 어디로 가고 있는가? 나의 존재 의미는 무엇인가? 삶의 의미와 방향에 대한 질문들이 끊임없이 올라온다. 질문을 한다고 답을 찾을 수는 없지만 질문 그 자체에 의미를 부여한다. 걸으면서 내가 모르는 것이 얼마나 많은지를 깨닫고 계속 배우고 싶다는 호기심도 생겼다. 산책을 하다 보면 새로운 생각이 떠오른다.

남이 뭐라고 하든 눈치 보지 않고 나만의 삶의 방식으로 살고 싶다. 사람들은 남의 인생에 관심이 없다. 그동안 인정 욕구, 미래에 대한 걱정, 조급함, 후회 등으로 마음이 혼란스러웠지만 애써 외면했다. 이제는 그런 나를 부인하지 않는다. 다만 그 짐을 내려놓고 싶다. 글을 쓰면서 그 내용대로 살려는 강한 의욕이 생겼다. 생각한 대로 이루어지는 것이 아니라 쓰는 대로 이루어진다는 느낌을 받았다. 글의 생명력을 체험했다. 새로운 시도였고 경험이었다. 내가 변하지 않으면 세상의 흐름에 그냥 휩쓸려 간다. 내가 변하는 길 밖에 없다. 공지영 작가의 『그럼에도 불구하고』에서 나온 말이 나에게 울림을 준다.

"이 세상에는 내가 할 수 있는 것과 할 수 없는 것이 있다. 이 둘을 구별하고 나면 인생은 엄청 달라져, 다시 말하지만 내가 할 수 있는 일은 나 자신을 살피고 나 자신을 변화시킬 수 있는 것 외에는 없어."

죽음을 생각할 때면 현재를 살아가는 이 순간이 얼마나 귀한 시간인지를 새삼 느낀다. 어차피 한 번 밖에 살 수 없는 인생이 아닌가? 자신을 사랑하고 오늘 이 순간을 행복하게 누릴 권리가 있다. 내게 주어진 삶의 시간과 공간의 한계 속에서도 희망을 잃지 않고 소중한 하루를 살아가고 싶다. 오늘도 새로운 도전을 꿈꾼다. 남은 제2의 인생은 은퇴 없는 작가의 삶을 살고 싶다.

마지막으로 책 표지 디자인을 무엇으로 할 것인가 놓고 고민했다. 주문형 출판이기 때문에 편집에서 표지 디자인까지 내가 선택하고 결정했다. 이 또한 새로운 경험이었다. 최근에 예술의 전당 한가람 미술관에서 <초현실주의 거장들>이라는 제목으로 네덜란드 로테르담 보이만스 판뵈닝언 박물관이 소장한 작품을 전시했다. 전시회 표지 작품이 르네 마그리트의 <금지된 재현>이었다. 거울 속에 투영된 낯선 뒷모습에서 과거를 돌아보고 삶의 의미를 성찰하려는 의지가 담겨있는 듯한 느낌이 들었다. 그림과 책 제목이 서로 의미가 연결되어 표지로 선택했다.

표지 디자인으로 사용하기로 하고 그림 저작권을 확인하니 벨기에 르네 마그리트 재단이 저작권을 가지고 있었다. 저작권 사용 허가를 받고 고해상도 사진까지 스스로 연락하여 구매하니 즐거움이 배가 된다. 출판사에 맡기지 않고 부크크 디자인 팀과 의논하면서 직접 표지까지 만들 수 있어 출간에 의미를 더한 것 같다.

출간을 하도록 격려해준 조선교육문화미디어 대표 금교돈 친구에게 고마운 마음을 전한다. 첫 번째 독자이자 날카로운 비평가이며 교정과 교열까지 도와주면서 지난 고락의 시간을 함께 한 아내에게 고마움과 사랑을 전하고 싶다. 사랑하는 딸 도영이와 지영이, 사위 민주에게도 나의 사랑을 보낸다.